1, 2, 3... bonheur !

Le bonheur en littérature

Gallimard

*La pomme tomba et
il trouva son bonheur*

HANS CHRISTIAN ANDERSEN

« Le bonheur peut se trouver dans un bout de bois » *

Je vais raconter une histoire sur le bonheur. Nous connaissons tous le bonheur : certains le voient des années durant, d'autres, seulement certaines années, un jour par-ci par-là, il y a même des gens qui ne le voient qu'une seule fois de leur vie, mais pour le voir, nous le voyons tous.

Et je n'ai pas besoin de raconter, car tout le monde le sait, que Notre-Seigneur envoie le petit enfant et le dépose dans le sein d'une mère — que ce soit dans le riche château et dans la maison confortable ou aussi en plein champ où souffle le vent glacé. Toutefois, tout le monde ne sait probablement pas, et c'est certain tout de même, que Notre-Seigneur, en apportant l'enfant, lui apporte aussi un porte-bonheur, mais

* Extrait des *Œuvres*, I (Bibliothèque de la Pléiade).

celui-ci n'est pas posé ouvertement à côté ; il est posé quelque part dans le monde, là où l'on ne penserait surtout pas le trouver, et, cependant, il existe toujours. C'est cela qui me réjouissait. Il peut être déposé dans une pomme. Ce fut le cas pour un savant qui s'appelait Newton : la pomme tomba et il trouva son bonheur. Si tu ne connais pas cette histoire, demande à ceux qui la connaissent de la raconter. J'en ai une autre à dire, c'est une histoire de poire.

Il y avait un pauvre homme qui était né dans la misère, qui avait grandi dans la misère et dans la misère s'était marié. Pour le reste, il était tourneur de son métier, il tournait en particulier des manches de parapluie et des anneaux de parapluie. Mais il n'était guère à l'aise.

« Je ne trouverai jamais le bonheur ! » disait-il. C'est vraiment une histoire vécue, on peut mentionner le pays et l'endroit où cet homme habitait, mais ça n'a pas d'importance.

Les sorbes rouges et âpres faisaient la plus somptueuse parure autour de sa maison et de son jardin. Il y avait aussi dans celui-ci un poirier mais il ne donnait pas une seule poire, et pourtant, le bonheur était dans ce poirier, dans ces poires invisibles.

Une nuit, le vent fit une tempête épouvantable. On disait dans les journaux que la grosse diligence avait été soulevée de la route par la tempête et projetée comme un chiffon. Certainement qu'alors une grosse branche de poirier pouvait bien être cassée.

Cette branche fut déposée dans l'atelier, et l'homme en fit, par plaisanterie, avec son tour, une grosse poire, puis une grosse encore, sur ce, une plus petite et, ensuite, quelques toutes petites.

«Il fallait tout de même bien qu'un jour cet arbre donne des poires», dit l'homme, et il les donna aux enfants pour jouer.

Dans un pays humide, un parapluie fait évidemment partie des nécessités de la vie. La maison tout entière n'en avait qu'un pour l'usage général. Si le vent soufflait trop fort, le parapluie se retournait, il cassa même deux ou trois fois, mais l'homme le remettait aussitôt en état. Le plus agaçant cependant, c'était que le bouton qui devait tout tenir quand on le refermait sautait trop souvent, ou bien l'anneau qui l'entourait se brisait.

Un jour, le bouton sauta. L'homme le chercha par terre et s'empara d'une des plus petites poires qu'il avait faites au tour, une de celles qu'on avait données aux enfants pour jouer.

« Pas moyen de trouver le bouton, dit l'homme, mais cette petite chose doit bien pouvoir rendre le même service ! » Et il perça un trou dedans, passa un cordon dedans et la petite poire s'adapta comme il faut à l'anneau brisé. En vérité, c'était la meilleure fermeture que le parapluie ait jamais eue.

Quand, l'année suivante, l'homme dut envoyer des manches de parapluie à la capitale où il faisait ce genre de livraisons, il envoya aussi quelques-unes des petites poires de bois faites au tour, encerclées d'un demi-anneau, demandant qu'on les essaie, et elles arrivèrent de la sorte en Amérique. On remarqua bientôt que la petite poire tenait bien mieux que tout autre bouton, et l'on demanda au marchand que tous les parapluies qui suivraient ferment au moyen d'une petite poire.

Eh bien, il y eut fort à faire ! Des poires par milliers ! Des poires de bois à tous les parapluies ! L'homme dut s'y employer. Il tournait, tournait. Le poirier tout entier passa dans ces petites poires de bois ! Cela donna des skillings, cela donna des rixdales !

« Mon bonheur était dans ce poirier ! » dit l'homme. Il eut alors un grand atelier avec compagnons et apprentis. Il était toujours de bonne humeur et disait : « Le bonheur peut se trouver dans un bout de bois ! »

C'est aussi ce que je dis, moi qui raconte cette histoire.

On a ce dicton : Mets-toi une baguette blanche dans la bouche et tu seras invisible ! Mais il faut alors que ce soit le bon bout de bois, celui qui nous est donné comme porte-bonheur par Notre-Seigneur. Moi, je l'ai eu et je peux aussi, comme cet homme, avoir de l'or sonnant, de l'or scintillant, le meilleur, celui qui scintille dans des yeux d'enfant, celui qui sonne dans une bouche d'enfant, et dans celle de son père et de sa mère également. Ils lisent ces histoires, et je suis au milieu de la pièce, auprès d'eux, mais invisible, car j'ai la baguette blanche dans la bouche. Si je sens alors qu'ils sont contents de ce que je raconte, eh bien, alors je dis, moi aussi : « Le bonheur peut se trouver dans un bout de bois ! »

JEAN GIONO

La chasse au bonheur*

Tout le monde chasse au bonheur.

On peut être heureux partout.

Il y a seulement des endroits où il semble qu'on peut l'être plus facilement qu'à d'autres. Cette facilité n'est qu'illusoire : ces endroits soi-disant privilégiés sont généralement beaux, et il est de fait que le bonheur a besoin de beauté, mais il est souvent le produit d'éléments simples. Celui qui n'est pas capable de faire son bonheur avec la simplicité ne réussira que rarement à le faire, et à le faire durable, avec l'extrême beauté.

On entend souvent dire : «Si j'avais ceci, si j'avais cela, je serais heureux», et l'on prend l'habitude de croire que le bonheur réside dans le futur et ne vit qu'en conditions exceptionnelles. Le bonheur habite le présent, et le plus quoti-

* Extrait de *La chasse au bonheur* (Folio n° 2222).

dien des présents. Il faut dire : «J'ai ceci, j'ai cela, je suis heureux.» Et même dire : «Malgré ceci et malgré cela, je suis heureux.»

Les éléments du bonheur sont simples, et ils sont gratuits, pour l'essentiel. Ceux qui ne sont pas gratuits finissent par donner une telle somme de bonheurs différents qu'au bout du compte ils peuvent être considérés comme gratuits.

La vie moderne passe pour être peu propice au bonheur. Toutes les vies, qu'elles soient anciennes ou modernes, sont également propices au bonheur. Il n'est pas plus difficile de faire son bonheur aujourd'hui qu'il ne l'était sous Henri II, Jules César ou Virgile. La civilisation a même parfois ajouté à la liste des éléments du bonheur. Un des moyens de n'être pas heureux, c'est de croire que les éléments premiers étaient seuls capables de donner le bonheur. Si l'on croit par exemple que l'arc roman était seul capable de savoureuses satisfactions esthétiques, on passera sans les voir devant les admirables réalisations architecturales que la technique a suscitées. Dès qu'une architecture s'est résumée dans son utilité, elle est belle et donne du bonheur (les barrages, la construction extraordinaire de Shell-Berre, le jour, puis la nuit, où elle est comme un palais féerique).

1, 2, 3… bonheur !

Le bonheur est, pour une part, la multiplication des émotions de la curiosité par la culture. Les grands ensembles architecturaux des siècles passés mariaient la pierre et l'églogue. Il est, certes, toujours possible de venir chercher ce qu'ils proposent et de le faire concourir à la chasse de notre bonheur. De même qu'on peut toujours se servir aux mêmes fins de délices métaphysiques (cathédrales de Paris, de Reims, de Chartres, etc., extérieurs, intérieurs, vitraux), mais les centrales, les gares, les raffineries de pétrole sont autant de véhicules modernes pour les nouvelles grandes évasions.

Il n'est pas de condition humaine, pour humble ou misérable qu'elle soit, qui n'ait quotidiennement la proposition du bonheur : pour l'atteindre, rien n'est nécessaire que soi-même. Ni la Rolls, ni le compte en banque, ni Megève, ni Saint-Tropez ne sont nécessaires. Au lieu de perdre son temps à gagner de l'argent ou telle situation d'où l'on s'imagine qu'on peut atteindre plus aisément les pommes d'or du jardin des Hespérides, il suffit de rester de plain-pied avec les grandes valeurs morales. Il y a un compagnon avec lequel on est tout le temps, c'est soi-même : il faut s'arranger pour que ce soit un compagnon aimable. Qui se méprise ne sera jamais heureux et, cependant, le mépris lui-même est un élément de bonheur : mépris de ce qui est laid, de ce qui est bas, de ce qui est facile, de ce qui est commun, dont on peut sortir quand on veut à l'aide des sens.

Dès que les sens sont suffisamment aiguisés, ils trouvent partout ce qu'il faut pour découper les minces lamelles destinées au microscope du bonheur. Tout est de grande valeur : une foule, un visage, des visages, une démarche, un port de tête, des mains, une main, la solitude, un arbre, des arbres, une lumière, la nuit, des escaliers, des corridors, des bruits de pas, des rues désertes, des fleurs, un fleuve, des plaines, l'eau, le ciel, la terre, le feu, la mer, le battement d'un cœur, la pluie, le vent, le soleil, le chant du monde, le froid, le chaud, boire, manger, dormir, aimer. Haïr est également une source de bonheur, pourvu qu'il ne s'agisse pas d'une haine basse et vulgaire ou méprisable : mais une sainte haine est un brandon de joie. Car le bonheur ne rend pas mou et soumis, comme le croient les impuissants. Il est, au contraire, le constructeur de fortes charpentes, des bonnes révolutions, des progrès de l'âme. Le bonheur est la liberté.

Quand l'homme s'est fait une nature capable de fabriquer le bonheur, il le fabrique quelles que soient les circonstances, comme il fabrique des globules rouges. Dans les conjonctures où le commun des mortels fait son malheur, il y a toujours pour lui une sensation ou un sentiment qui le place dans une situation privilégiée. Pour sordide ou terrible que soit l'événement, il y a toujours dans son sein même, ou dans son alentour, de quoi se mettre en rapport avec les objets du dehors par le moyen des impressions que ces objets font directement sur les sens : si, par extraordinaire, il n'y en a pas, ou si l'adversaire a tout fait pour qu'il n'y en ait pas, reste l'âme et sa richesse.

C'est par l'âme que les rapports de couleur prennent leur saveur. C'est l'âme qui donne aux formes leurs valeurs sensuelles. C'est de l'âme que vient la puissance d'évocation des bruits, et l'architecture des sons. Ce bonheur ne dépend pas du social, mais purement et simplement de l'âme.

La nature est faite pour donner le bonheur aux âmes fortes. La civilisation ne pouvant jamais être contre, ou tout à fait contre, la nature, ne peuvent empêcher le bonheur : au contraire, elles donnent une infinie variété de matières (même quand, par principe, elles ne le veulent pas) qui fait s'épanouir le bonheur dans des quartiers nouveaux. On n'a pas toujours fumé du tabac, on n'a pas toujours bu du café ou du thé, ou du vin. Les joies que procurent les déserts sont essentielles, non moins essentielles sont les joies que procure la ville. La solitude est un bonheur, la compagnie en est un autre.

À mesure que l'habitude du bonheur s'installe, un monde nouveau s'offre à la découverte, qui jamais ne déçoit, qui jamais ne repousse, dans lequel il suffit parfois d'un millimètre ou d'un milligramme pour que la joie éclate. Il ne s'agit plus de tout ployer à soi, il ne s'agit que de se ployer aux choses. Il ne s'agit plus de combattre (et s'il faut continuer à combattre sur un autre plan, on le fait avec d'autant plus d'ardeur), il s'agit d'aller à la découverte, et quand on a les sens organisés en vue de bonheur, les rapports à découvrir se proposent d'eux-mêmes.

L'aventure est alors ouverte de toute part. On n'attend plus rien puisqu'on va au-devant de tout, et on y va volontiers, puisque chaque pas, chaque regard, chaque attention est immédiatement payée d'un or qui ne s'avilit jamais, ne se dépense pas, mais se consume sur place au fur et à mesure, enrichissant le cœur et le flux du sang si bien que, plus la vie s'avance, plus on est doré

19

et habillé, et plus tout ce qu'on touche se change en or.

S'il faut en tout de la mesure, c'est là qu'il la faut surtout : et ne pas croire qu'il soit question de quantités, qu'on ait besoin de Golconde, de Colchide, de Pérou, qu'il soit nécessaire de courir aux confins du monde, ou même de changer de place, que rien ne puisse se faire sans situation, que le bonheur soit l'apanage des premiers numéros. Non : la matière du monde est partout pareille, et c'est d'elle que tout vient. Un bel enterrement n'est jamais beau pour celui qui l'a cherché. Le sage cultive ses sentiments et ses sensations, connaît sur le bout du doigt le catalogue exact de leurs possibilités, et s'applique avec elles à utiliser les ressources du monde sensible. Naviguant à sa propre estime entre le bon et le mauvais, prenant un peu de celui-ci pour donner du sel à celui-là, ou l'inverse, cherchant la perle jusque dans l'huître pourrie, la trouvant toujours, puisqu'elle vient de lui-même, il se fait une belle vie et il en profite.

VICTOR HUGO

Où donc est le bonheur?... *

Sed satis est jam posse mori.

LUCAIN.

Où donc est le bonheur? disais-je. — Infortuné!
Le bonheur, ô mon Dieu, vous me l'avez donné.

Naître, et ne pas savoir que l'enfance éphémère,
Ruisseau de lait qui fuit sans une goutte amère,
Est l'âge du bonheur, et le plus beau moment
Que l'homme, ombre qui passe, ait sous le firma-
    ment!

Plus tard, aimer, — garder dans son cœur de jeune
    homme
Un nom mystérieux que jamais on ne nomme,

* Extrait des *Orientales* — *Les Feuilles d'automne* (Poésie-Gallimard).

21

1, 2, 3... bonheur !

Glisser un mot furtif dans une tendre main,
Aspirer aux douceurs d'un ineffable hymen,
Envier l'eau qui fuit, le nuage qui vole,
Sentir son cœur se fondre au son d'une parole,
Connaître un pas qu'on aime et que jaloux on suit,
Rêver le jour, brûler et se tordre la nuit,
Pleurer surtout cet âge où sommeillent les âmes,
Toujours souffrir ; parmi tous les regards de
   femmes,
Tous les buissons d'avril, les feux du ciel vermeil,
Ne chercher qu'un regard, qu'une fleur, qu'un
   soleil !

Puis effeuiller en hâte et d'une main jalouse
Les boutons d'orangers sur le front de l'épouse ;
Tout sentir, être heureux, et pourtant, insensé !
Se tourner presque en pleurs vers le malheur passé ;
Voir aux feux de midi, sans espoir qu'il renaisse,
Se faner son printemps, son matin, sa jeunesse,
Perdre l'illusion, l'espérance, et sentir
Qu'on vieillit au fardeau croissant du repentir,
Effacer de son front des taches et des rides ;
S'éprendre d'art, de vers, de voyages arides,
De cieux lointains, de mers où s'égarent nos pas ;
Redemander cet âge où l'on ne dormait pas ;
Se dire qu'on était bien malheureux, bien triste,
Bien fou, que maintenant on respire, on existe,

Où donc est le bonheur?...

Et, plus vieux de dix ans, s'enfermer tout un jour
Pour relire avec pleurs quelques lettres d'amour!

Vieillir enfin, vieillir! comme des fleurs fanées
Voir blanchir nos cheveux et tomber nos années,
Rappeler notre enfance et nos beaux jours flétris,
Boire le reste amer de ces parfums aigris,
Être sage, et railler l'amant et le poète,
Et, lorsque nous touchons à la tombe muette,
Suivre en les rappelant d'un œil mouillé de pleurs
Nos enfants qui déjà sont tournés vers les leurs!

Ainsi l'homme, ô mon Dieu! marche toujours
    plus sombre
Du berceau qui rayonne au sépulcre plein
    d'ombre.
C'est donc avoir vécu! c'est donc avoir été!
Dans la joie et l'amour et la félicité
C'est avoir eu sa part! et se plaindre est folie.
Voilà de quel nectar la coupe était remplie!
Hélas! naître pour vivre en désirant la mort!
Grandir en regrettant l'enfance où le cœur dort,
Vieillir en regrettant la jeunesse ravie,
Mourir en regrettant la vieillesse et la vie!

Où donc est le bonheur, disais-je? — Infortuné!
Le bonheur, ô mon Dieu, vous me l'avez donné!

                                    28 mai 1830

MADAME DU CHÂTELET

Discours sur le bonheur*

On croit communément qu'il est difficile d'être heureux, et on n'a que trop de raisons de le croire ; mais il serait plus aisé de le devenir, si chez les hommes les réflexions et le plan de conduite en précédoient les actions. On est entraîné par les circonstances, et on se livre aux espérances qui ne rendent jamais qu'à moitié ce qu'on en attend : enfin, on n'aperçoit bien clairement les moyens d'être heureux que lorsque l'âge et les entraves qu'on s'est données y mettent des obstacles.

Prévenons ces réflexions qu'on fait trop tard : ceux qui liront celles-ci y trouveront ce que l'âge et les circonstances de leur vie leur fourniroient trop lentement. Empêchons-les de perdre une partie du temps précieux et court que nous avons

* Extrait de *Discours sur le bonheur,* 1779.

à sentir et à penser, et de passer à calfater leur vaisseau le temps qu'ils doivent employer à se procurer les plaisirs qu'ils peuvent goûter dans leur navigation.

Il faut, pour être heureux, s'être défait des préjugés, être vertueux, se bien porter, avoir des goûts et des passions, être susceptible d'illusions, car nous devons la plupart de nos plaisirs à l'illusion, et malheureux est celui qui la perd. Loin donc de chercher à la faire disparoître par le flambeau de la raison, tâchons d'épaissir le vernis qu'elle met sur la plupart des objets ; il leur est encore plus nécessaire que ne le sont à nos corps les soins et la parure.

Il faut commencer par se bien dire à soi-même et par se bien convaincre que nous n'avons rien à faire dans ce monde qu'à nous y procurer des sensations et des sentiments agréables. Les moralistes qui disent aux hommes : réprimez vos passions, et maîtrisez vos desirs, si vous voulez être heureux, ne connoissent pas le chemin du bonheur. On n'est heureux que par des goûts et des passions satisfaites ; je dis des goûts, parce qu'on n'est pas toujours assez heureux pour avoir des passions, et qu'au défaut des passions, il faut bien se contenter des goûts. Ce seroit donc des passions qu'il faudroit demander à Dieu, si on osoit lui demander quelque chose ; et Le Nôtre avoit grande raison de demander au pape des tentations au lieu d'indulgences.

Mais, me dira-t-on, les passions ne font-elles pas plus de malheureux que d'heureux ? Je n'ai pas la balance nécessaire pour peser en général le bien et le mal qu'elles ont faits aux hommes ; mais il faut remarquer que les malheureux sont connus parce qu'ils ont besoin des autres, qu'ils aiment à raconter leurs malheurs, qu'ils y cherchent des remèdes et du soulagement. Les gens heureux ne cherchent rien, et ne vont point avertir les autres de leur bonheur ; les malheureux sont intéressants, les gens heureux sont inconnus.

Voilà pourquoi lorsque deux amants sont raccommodés, lorsque leur jalousie est finie, lorsque les obstacles qui les séparoient sont surmontés, ils ne sont plus propres au théâtre ; la piece est finie pour les spectateurs, et la scene de Renaud et d'Armide n'intéresseroit pas autant qu'elle fait, si le spectateur ne s'attendoit pas que l'amour de Renaud est l'effet d'un enchantement qui doit se dissiper, et que la passion qu'Armide fait voir dans cette scene rendra son malheur plus intéressant. Ce sont les mêmes ressorts qui agissent sur notre ame pour l'émouvoir aux représentations théâtrales et dans les événements de la vie. On connoît donc bien plus l'amour par les malheurs qu'il cause, que par le bonheur souvent obscur qu'il répand sur la vie des hommes. Mais supposons pour un moment, que les passions fassent plus de malheureux que d'heureux, je dis qu'elles seroient encore à desirer, parce que c'est la condition sans laquelle on ne peut avoir de grands plaisirs ; or, ce n'est la peine de vivre que pour avoir des sensations et des sentiments agréables ; et plus les sentiments agréables sont vifs, plus on est heureux. Il est donc à desirer d'être susceptible de passions, et je le répete encore : n'en a pas qui veut.

C'est à nous à les faire servir à notre bonheur, et cela dépend souvent de nous. Quiconque a su si bien économiser son état et les circonstances où la fortune l'a placé, qu'il soit parvenu à mettre son esprit et son cœur dans une assiette tranquille, qu'il soit susceptible de tous les sentiments, de toutes les sensations agréables que cet état peut comporter, est assurément un excellent philosophe, et doit bien remercier la nature.

Je dis son état et les circonstances où la fortune l'a placé, parce que je crois qu'une des choses qui contribuent le plus au bonheur, c'est de se contenter de son état, et de songer plutôt à le rendre heureux qu'à en changer.

VOLTAIRE

Histoire d'un bon Bramin*

Je rencontrai dans mes voyages un vieux bramin, homme fort sage, plein d'esprit et très savant ; de plus il était riche, et partant il en était plus sage encore : car ne manquant de rien, il n'avait besoin de tromper personne. Sa famille était très bien gouvernée par trois belles femmes qui s'étudiaient à lui plaire ; et quand il ne s'amusait pas avec ses femmes, il s'occupait à philosopher.

Près de sa maison, qui était belle, ornée et accompagnée de jardins charmants, demeurait une vieille Indienne bigote, imbécile et assez pauvre.

Le bramin me dit un jour : « Je voudrais n'être jamais né. » Je lui demandai pourquoi. Il me répondit : « J'étudie depuis quarante ans, ce sont

* Extrait de *Zadig* et autres contes (Folio n° 2347).

28

quarante années de perdues : j'enseigne les autres, et j'ignore tout ; cet état porte dans mon âme tant d'humiliation et de dégoût que la vie m'est insupportable. Je suis né, je vis dans le temps, et je ne sais pas ce que c'est que le temps ; je me trouve dans un point entre deux éternités, comme disent nos sages, et je n'ai nulle idée de l'éternité. Je suis composé de matière ; je pense, je n'ai jamais pu m'instruire de ce qui produit la pensée ; j'ignore si mon entendement est en moi une simple faculté, comme celle de marcher, de digérer, et si je pense avec ma tête comme je prends avec mes mains. Non seulement le principe de ma pensée m'est inconnu, mais le principe de mes mouvements m'est également caché : je ne sais pourquoi j'existe. Cependant on me fait chaque jour des questions sur tous ces points ; il faut répondre ; je n'ai rien de bon à dire ; je parle beaucoup, et je demeure confus et honteux de moi-même après avoir parlé.

« C'est bien pis quand on me demande si Brahma a été produit par Vitsnou ou s'ils sont tous deux éternels. Dieu m'est témoin que je n'en sais pas un mot, et il y paraît bien à mes réponses. "Ah ! mon révérend père, me dit-on, apprenez-nous comment le mal inonde toute la terre." Je suis aussi en peine que ceux qui me font cette question. Je leur dis quelquefois que tout est le mieux du monde; mais ceux qui ont la gravelle, ceux qui ont été ruinés et mutilés à la guerre n'en croient rien, ni moi non plus : je me retire chez moi accablé de ma curiosité et de mon ignorance. Je lis nos anciens livres, et ils redoublent mes ténèbres. Je parle à mes compagnons : les uns me répondent qu'il faut jouir de la vie et se moquer des hommes; les autres croient savoir quelque chose, et se perdent dans des idées extravagantes; tout augmente le sentiment douloureux que j'éprouve. Je suis prêt quelquefois de tomber dans le désespoir, quand je songe qu'après toutes mes recherches, je ne sais ni d'où je viens, ni ce que je suis, ni où j'irai, ni ce que je deviendrai. »

L'état de ce bon homme me fit une vraie peine : personne n'était ni plus raisonnable ni de meilleure foi que lui. Je conçus que plus il avait de lumières dans son entendement et de sensibilité dans son cœur, plus il était malheureux.

Je vis le même jour la vieille femme qui demeurait dans son voisinage : je lui demandai si elle avait jamais été affligée de ne savoir pas comment son âme était faite. Elle ne comprit seulement pas ma question : elle n'avait jamais réfléchi un seul moment de sa vie sur un seul des points qui tourmentaient le bramin; elle croyait aux métamorphoses de Vitsnou de tout son cœur, et pourvu qu'elle pût avoir quelquefois de l'eau du Gange pour se laver, elle se croyait la plus heureuse des femmes.

Frappé du bonheur de cette pauvre créature, je revins à mon philosophe, et je lui dis : « N'êtes-vous pas honteux d'être malheureux dans le temps qu'à votre porte il y a un vieil automate qui ne pense à rien, et qui vit content ? — Vous avez raison, me répondit-il; je me suis dit cent fois que je serais heureux si j'étais aussi sot que ma voisine, et cependant je ne voudrais pas d'un tel bonheur. »

Cette réponse de mon bramin me fit une plus grande impression que tout le reste; je m'examinai moi-même et je vis qu'en effet je n'aurais pas voulu être heureux à condition d'être imbécile.

Je proposai la chose à des philosophes, et ils furent de mon avis. « Il y a pourtant, disais-je, une furieuse contradiction dans cette façon de penser. » Car enfin de quoi s'agit-il ? d'être heureux. Qu'importe d'avoir de l'esprit ou d'être sot ? Il y a bien plus : ceux qui sont contents de leur être sont bien sûrs d'être contents; ceux qui raisonnent ne sont pas si sûrs de bien raisonner.

« Il est donc clair, disais-je, qu'il faudrait choisir de n'avoir pas le sens commun, pour peu que ce sens commun contribue à notre mal-être. » Tout le monde fut de mon avis, et cependant je ne trouvai personne qui voulût accepter le marché de devenir imbécile pour devenir content. De là je conclus que, si nous faisons cas du bonheur, nous faisons encore plus de cas de la raison.

Mais après y avoir réfléchi, il paraît que de préférer la raison à la félicité, c'est être très insensé. Comment donc cette contradiction peut-elle s'expliquer ? Comme toutes les autres. Il y a là de quoi parler beaucoup.

*J'ai besoin du bonheur
de tous pour être heureux*

ANDRÉ GIDE

Les Nouvelles Nourritures *

Il y a sur terre de telles immensités de misère, de détresse, de gêne et d'horreur, que l'homme heureux n'y peut songer sans prendre honte de son bonheur. Et pourtant ne peut rien pour le bonheur d'autrui celui qui ne sait être heureux lui-même. Je sens en moi l'impérieuse obligation d'être heureux. Mais tout bonheur me paraît haïssable qui ne s'obtient qu'aux dépens d'autrui et par des possessions dont on le prive. Un pas de plus et nous abordons la tragique question sociale. Tous les arguments de ma raison ne me retiendront pas sur la pente du communisme[1].

* Extrait des *Nourritures terrestres* — *Les Nouvelles Nourritures* (Folio n° 117).

1. Sur cette pente, qui m'apparaît une montée, ma raison a rejoint mon cœur. Que dis-je ? Ma raison aujourd'hui l'y précède. Et si parfois je souffre de voir certains communistes n'être que des théoriciens, me paraît aujourd'hui tout aussi grave cette autre erreur qui tend à faire du communisme une affaire de sentiment. (Mars 1935.)

1, 2, 3... bonheur !

Et ce qui me paraît une erreur, c'est d'exiger de celui qui possède la distribution de ses biens ; mais quelle chimère que d'attendre, de celui qui possède, un renoncement volontaire à des biens auxquels son âme reste attachée. Pour moi j'ai pris en aversion toute possession exclusive ; c'est de don qu'est fait mon bonheur, et la mort ne me retirera des mains pas grand-chose. Ce dont elle me privera le plus c'est des biens épars, naturels, échappant à la prise et communs à tous ; d'eux surtout je me suis soûlé. Quant au reste, je préfère le repas d'auberge à la table la mieux servie, le jardin public au plus beau parc enclos de murs, le livre que je ne crains pas d'emmener en promenade à l'édition la plus rare, et, si je devais être seul à pouvoir contempler une œuvre d'art, plus elle serait belle et plus l'emporterait sur la joie ma tristesse.

Mon bonheur est d'augmenter celui des autres. J'ai besoin du bonheur de tous pour être heureux.

*

J'admirais, je n'ai pas fini d'admirer, dans l'Évangile un effort surhumain vers la joie. Le premier mot qui nous est rapporté du Christ,

c'est «Heureux...» Son premier miracle, la méta-
morphose de l'eau en vin. (Le vrai chrétien est
celui que suffit à enivrer l'eau pure. C'est en lui-
même que se répète le miracle de Cana.) Il a fallu
l'abominable interprétation des hommes, pour
établir sur l'Évangile un culte, une sanctification
de la tristesse et de la peine. Parce que le Christ
a dit : «Venez à moi, vous tous qui êtes travaillés
et chargés, et je vous soulagerai», on a cru qu'il
fallait se travailler et se charger pour aller à lui ;
et le soulagement qu'il apportait, on en a fait des
«indulgences».

*

Il m'a depuis longtemps paru que la joie était
plus rare, plus difficile et plus belle que la tristesse. Et quand j'eus fait cette découverte, la plus
importante sans doute qui se puisse faire durant
cette vie, la joie devint pour moi non seulement
(ce qu'elle était) un besoin naturel — mais bien
encore une obligation morale. Il me parut que
le meilleur et plus sûr moyen de répandre autour
de soi le bonheur était d'en donner soi-même
l'image, et je résolus d'être heureux.

J'avais écrit : «Celui qui est heureux *et qui
pense*, celui-là sera dit vraiment fort» ; — car que

m'importe un bonheur édifié sur l'ignorance ? La première parole du Christ est pour embrasser la tristesse même dans la joie : *Heureux ceux qui pleurent.* Et comprend bien mal cette parole, celui qui n'y voit qu'un encouragement à pleurer !

Le Sermon sur la montagne :
*les Béatitudes**

²⁵ Une grande foule le suivit de la Galilée, de la Décapole, de Jérusalem, de la Judée et d'au-delà du Jourdain.

⁵ Jésus voyant cette multitude, monta sur la montagne, et quand il se fut assis, ses disciples s'approchèrent de lui. ²Alors, ouvrant la bouche, il se mit à les enseigner, disant :

³ » Heureux les pauvres en esprit, car le royaume des cieux est à eux.

⁴ » Heureux les affligés, car ils seront consolés.

⁵ » Heureux ceux qui sont doux, car ils posséderont la terre.

⁶ » Heureux ceux qui ont faim et soif de la justice, car ils seront rassasiés.

⁷ » Heureux les miséricordieux, car ils obtiendront miséricorde.

* Extrait du *Nouveau Testament* (Folio n° 3596).

⁸ » Heureux ceux qui ont le cœur pur, car ils verront Dieu.

⁹ » Heureux les pacificateurs, car ils seront appelés fils de Dieu.

¹⁰ » Heureux ceux qui sont persécutés pour la justice car le royaume des cieux est à eux.

¹¹ » Vous serez heureux lorsqu'on vous insultera et qu'on vous persécutera et qu'on dira de vous toute sorte de mal à cause de moi. ¹²Réjouissez-vous alors et tressaillez de joie, car votre récompense est grande dans les cieux : c'est ainsi qu'on a persécuté les prophètes qui ont été avant vous.

OSCAR WILDE

Le Prince Heureux *

Au sommet d'une haute colonne, dominant la ville, se dressait la statue du Prince Heureux. Tout entier recouvert de minces feuilles d'or fin, il avait deux brillants saphirs en guise d'yeux, et à la poignée de son épée brillait un gros rubis rouge.

L'admiration qu'on lui portait était générale. «Il est beau comme un coq de girouette», fit remarquer l'un des échevins, qui souhaitait se faire une réputation d'amateur d'art, «quoique de moindre utilité», ajouta-t-il, car il craignait, bien à tort, qu'on l'accusât de manquer d'esprit positif.

«Pourquoi ne peux-tu faire comme le Prince Heureux? demanda une maman à son petit garçon qui pleurait pour voir la lune. Jamais il ne

* Extrait des *Œuvres* (Bibliothèque de la Pléiade).

songerait à pleurer pour obtenir quoi que ce soit. »

« Je suis content qu'existe au monde un être vraiment heureux », bredouilla un déçu en contemplant la merveilleuse statue.

« Il a tout l'air d'un ange, dirent les enfants de l'Assistance comme ils sortaient de la cathédrale, vêtus d'éclatants manteaux écarlates et de tabliers blancs tout propres.

— Comment le savez-vous ? dit le maître de mathématiques, vous n'en avez jamais vu.

— Ah, mais si ! dans nos rêves », répondirent les enfants. Le maître de mathématiques fronça le sourcil et prit un air sévère, car il n'approuvait pas que les enfants rêvassent.

Un soir, il advint qu'un petit martinet vola par-dessus la ville. Ses amis étaient partis pour l'Égypte six semaines plus tôt, mais il s'était attardé par amour pour une très belle plante de la famille des Roseaux. Il l'avait rencontrée au printemps, alors qu'il descendait la rivière à la poursuite d'un gros papillon jaune, et avait été si séduit par la sveltesse de sa taille qu'il s'était arrêté pour lui parler.

« Vous aimerai-je », avait dit le Martinet qui aimait à jouer franc jeu, et la Plante s'était inclinée très bas. Alors il s'était mis à voleter tout autour d'elle, effleurant de ses ailes l'eau qu'il couvrait de ridules argentées. C'est ainsi qu'il lui fit sa cour, et celle-ci dura tout l'été.

« Que voilà un attachement ridicule ! gazouillaient les autres martinets ; elle n'a pas le sou, puis sa famille est trop nombreuse » ; et, en vérité, la rivière regorgeait de Roseaux. L'automne venu, tous les martinets s'en étaient allés.

Après leur départ, se sentant seul, il avait commencé à se lasser de sa dame. « Elle n'a pas de conversation, et je crains que ce ne soit une coquette car elle ne cesse de minauder avec le vent. » De fait, chaque fois que le vent soufflait, la Plante se répandait en révérences des plus gracieuses. « Sans doute est-elle fort attachée à son intérieur, poursuivit-il, mais comme j'aime à voyager, ma femme se devra d'aimer les voyages. »

« M'accompagnerez-vous ? » lui demanda-t-il enfin, mais elle fit non de la tête : elle était trop attachée à sa demeure.

— Vous vous êtes jouée de moi, s'écria-t-il. Je pars pour les Pyramides. À vous revoir ! » et il s'envola.

Tout le jour il vola, et le soir il parvint à la ville.

«Où m'installer? dit-il. J'espère que la muni-cipalité aura fait des préparatifs.»

C'est alors qu'il aperçut la statue, tout en haut de la colonne. «Je vais m'installer là-haut, s'écria-t-il. La situation est excellente, et l'air frais ne manque pas.» Il alla donc se percher entre les pieds du Prince Heureux.

«J'ai une chambre en or», murmura-t-il en regardant tout alentour. Il se préparait à s'en-dormir quand, à l'instant précis où il allait abri-ter la tête sous son aile, une grosse goutte d'eau lui tomba dessus. «Comme c'est bizarre! s'écria-t-il. Pas un nuage au ciel, les étoiles brillent de tout leur éclat, et voilà qu'il pleut. Décidément, il fait bien mauvais dans le nord de l'Europe. Mlle Roseau aimait la pluie, mais par pur égoïsme.»

Une deuxième goutte tomba.

«À quoi sert donc une statue si elle ne pro-tège pas de la pluie? Je m'en vais chercher quelque bonne cheminée», et il résolut de prendre son envol.

Mais avant qu'il ait déployé ses ailes, une troi-sième goutte tomba. Il leva les yeux et décou-vrit... Ah! Que découvrit-il donc?

Les yeux du Prince Heureux étaient emplis de larmes, et des larmes coulaient le long de ses joues d'or. Sous la lumière de la lune, son visage était si beau que le petit martinet se sentit envahi de pitié.

« Qui êtes-vous ? demanda-t-il.

— Je suis le Prince Heureux.

— Alors pourquoi pleurez-vous ? demanda le Martinet. Vous m'avez complètement trempé.

— Lorsque j'étais en vie et que je possédais un cœur d'homme, répondit la statue, j'ignorais ce que c'était que les larmes car je vivais au palais de Sans-Souci, où le chagrin n'a pas le droit de pénétrer. Pendant le jour je jouais dans le jardin avec mes compagnons, le soir je menais le bal dans le Grand Salon. Le jardin était ceint d'un mur fort imposant, mais jamais je ne me souciai de demander ce qui se trouvait derrière. Tout était si beau autour de moi ! Mes courtisans m'appelaient le Prince Heureux, et si le bonheur n'est rien d'autre que le plaisir, oui, j'étais heureux. Ainsi je vécus, ainsi je mourus. Et maintenant que je suis mort, on m'a installé ici, tellement haut que je peux voir toute la laideur et toute la misère de ma ville. Mon cœur a beau être fait de plomb, comment ne pleurerais-je ? »

« Quoi ! il n'est pas en or massif ? » se dit le Martinet à part lui. Sa politesse l'empêchait d'exprimer à haute voix des remarques personnelles.

«Là-bas, poursuivit la statue d'une voix basse et musicale, là-bas dans une petite rue, il est une pauvre maison. Une des fenêtres est ouverte, et à travers elle je distingue une femme, assise à une table. Son visage est mince et las, et ses mains sont rugueuses et rouges, toutes piquetées par l'aiguille, car elle est couturière. Elle brode des passiflores sur une robe de satin que la plus jolie des demoiselles d'honneur de la Reine portera lors du prochain bal de la Cour. Sur un lit, dans un coin de la pièce, gît son petit garçon qui est malade. Il a la fièvre et demande des oranges. Comme sa mère n'a rien à lui donner que de l'eau de rivière, il pleure. Martinet, martinet, petit martinet, ne veux-tu pas lui porter le rubis de la poignée de mon épée? Mes pieds sont attachés à ce piédestal, et je ne peux bouger.

— On m'attend en Égypte, dit le Martinet. Mes amis volent en tous sens au-dessus du Nil, et parlent aux grandes fleurs de lotus. Bientôt ils s'en iront dormir dans le tombeau du Grand Roi. Le Roi est là, en personne, dans son cercueil bariolé. On l'a emmailloté de lin jaune et embaumé avec des épices. Autour de son cou, il y a une chaîne de jade vert pâle. Ses mains semblent des feuilles fanées.

— Martinet, martinet, petit martinet, dit le

Prince, ne veux-tu pas rester une seule nuit auprès de moi, et me servir de messager ? Le garçon a tellement soif, et sa mère est si triste.

— Je ne crois pas avoir de penchant pour les garçons, répondit le Martinet. L'été dernier, lorsque j'étais installé sur la rivière, deux garçons mal élevés — les fils du meunier — ne cessaient de me jeter des pierres. Jamais ils ne m'ont touché, bien sûr ; nous autres martinets sommes d'habiles voltigeurs, et je viens d'une famille célèbre pour son agilité ; ce n'en était pas moins une marque d'irrespect. »

Mais le Prince Heureux avait l'air si triste que le petit martinet se sentit affligé. « Il fait bien froid ici, répondit-il, mais je resterai auprès de vous une seule nuit, et je vous servirai de messager.

— Merci, petit martinet », dit le Prince.

Et le Martinet picota l'épée du Prince pour en dégager le gros rubis qu'il prit dans son bec avant de s'envoler par-dessus les toits de la ville.

Il passa devant la tour de la cathédrale, où étaient sculptés les anges de marbre blanc. Il passa devant le palais et entendit la rumeur de la danse. Une belle jeune fille sortit sur le balcon avec son amoureux. « Comme les étoiles sont merveilleuses, lui disait-il, et comme est merveilleux le pouvoir de l'amour !

— J'espère que ma robe sera prête à temps pour le bal de la Cour, répondit-elle, j'ai commandé d'y faire broder des passiflores, mais les couturières sont tellement paresseuses… »

Il passa au-dessus de la rivière, et il vit les lanternes accrochées aux mâts des navires. Il passa au-dessus du Ghetto, et il vit les vieux juifs qui marchandaient entre eux et pesaient de l'argent dans des balances de cuivre. Pour finir, il parvint à la pauvre maison et regarda à l'intérieur. Le garçon se retournait fiévreusement sur son lit ; la mère s'était endormie tant elle était fatiguée. Il sauta dans la pièce et déposa le gros rubis sur la table, près du dé à coudre de la femme. Puis il voleta délicatement tout autour du lit, éventant de ses ailes le front du garçon. « Quelle fraîcheur ! dit le garçon, je dois aller mieux » ; et il s'abîma dans un délicieux sommeil.

Lors, le Martinet s'en retourna auprès du Prince Heureux auquel il raconta ce qu'il avait fait. « C'est bizarre, remarqua-t-il, mais je me sens tout réchauffé alors qu'il fait si froid.

— C'est parce que tu as fait une bonne action », dit le Prince. Et le Martinet se mit à réfléchir, puis s'endormit. La réflexion lui donnait toujours sommeil.

Lorsque le jour se leva, il vola jusqu'à la

rivière et prit un bain. «Quel phénomène remarquable! dit le professeur d'ornithologie qui traversait le pont. Un martinet en hiver!» Et il écrivit une longue lettre à ce sujet dans le journal local. Chacun la cita tant elle était remplie de mots que nul ne comprenait.

«Ce soir, je pars pour l'Égypte, dit le Martinet qui se sentit tout ragaillardi à cette idée. Il visita tous les monuments publics, et demeura un long moment au sommet de la flèche de l'église. Partout où il se rendait, les moineaux piaillaient et se disaient l'un à l'autre : «Quel étranger de mine distinguée!» Aussi s'amusait-il beaucoup.

Lorsque la lune se leva, il vola une nouvelle fois vers le Prince Heureux. «Avez-vous quelque commission à porter en Égypte? lança-t-il. Je pars à l'instant.

— Martinet, martinet, petit martinet, dit le Prince, ne veux-tu pas rester avec moi une nuit de plus?

— On m'attend en Égypte, répondit le martinet. Demain mes amis voleront jusqu'à la Deuxième Cataracte. L'hippopotame s'y accroupit parmi les roseaux, et sur une vaste demeure de granit est assis le dieu Memnon. Toute la nuit il regarde les étoiles, et quand brille celle du matin il pousse un cri de joie, puis se tait. À midi les lions jaunes descendent au bord de l'eau pour boire. Leurs yeux sont comme des béryls verts, et ils rugissent plus fort encore que la cataracte.

« Martinet, martinet, petit martinet, dit le Prince. Là-bas, à l'autre bout de la ville, je vois un jeune homme dans une mansarde. Il se penche sur un bureau couvert de papiers. Dans un gobelet, près de lui, il y a un bouquet de violettes fanées. Ses cheveux sont bruns et crépus, ses lèvres rouges comme la grenade, et il a de grands yeux rêveurs. Il essaie de finir une pièce pour le directeur du Théâtre, mais il a trop froid pour continuer à écrire. Il n'y a pas de feu dans l'âtre, et la faim l'a fait s'évanouir.

— J'attendrai auprès de vous une seule autre nuit, dit le Martinet qui avait vraiment bon cœur. Lui porterai-je un autre rubis?

— Hélas! Je n'ai plus de rubis à présent, dit le Prince. Mes yeux sont tout ce qui me reste. Ils sont faits de rares saphirs qu'on a rapportés de l'Inde il y a mille ans. Arraches-en un et apporte-le-lui. Il le vendra au bijoutier, il achètera du bois et il finira sa pièce.

— Cher Prince, dit le Martinet, je ne peux pas faire cela, et il se mit à pleurer.

— Martinet, martinet, petit martinet, dit le Prince, fais ce que je t'ordonne. »

Et le Martinet, ayant arraché l'œil du Prince, s'envola vers la mansarde de l'étudiant. Il était bien facile d'y entrer à cause d'un trou dans le toit. Le Martinet s'y engouffra et pénétra dans la pièce. Le jeune homme avait enfoui sa tête entre ses mains, aussi n'entendit-il pas le battement des ailes de l'oiseau. Mais quand il leva les yeux, il découvrit le beau saphir posé sur les violettes fanées.

— On commence à m'apprécier! s'écria-t-il. Cela sera venu de quelque fervent admirateur. Je peux finir ma pièce maintenant. »

Le jour suivant, le Martinet descendit jusqu'au port. Perché sur le mât d'un grand vaisseau, il contempla les matelots qui, à l'aide de cordes, hissaient de vastes coffres hors de la cale. « Ho-Hisse! » criaient-ils chaque fois qu'un coffre s'élevait. « Je m'en vais en Égypte! » s'écriait le Martinet, mais personne ne lui prêtait attention. Quand la lune se leva, il s'en revint auprès du Prince Heureux.

« Je suis venu vous faire mes adieux, lança-t-il.

— Martinet, martinet, petit martinet, dit le Prince, ne resteras-tu pas une nuit de plus auprès de moi?

— C'est l'hiver, répondit le Martinet, et bientôt la neige glaciale sera là. En Égypte le soleil est chaud sur les verts palmiers. Les crocodiles sont allongés dans la boue et regardent paresseusement autour d'eux. Mes compagnons bâtissent un nid dans le temple de Baalbec, et les colombes roses et blanches les regardent en roucoulant entre elles. Cher Prince, il faut que je vous quitte mais jamais je ne vous oublierai. Le printemps prochain je vous rapporterai deux bijoux magnifiques pour remplacer ceux que vous avez donnés. Le rubis sera plus rouge qu'une rose rouge, et le saphir aussi bleu que la mer immense.

— En bas, sur la place, se tient une petite marchande d'allumettes, dit le Prince Heureux. Elle a laissé ses allumettes tomber dans le caniveau, et elles ont toutes été gâtées. Son père la battra si elle ne rapporte pas d'argent à la maison, et elle pleure. Elle n'a ni chaussures ni bas, et sa petite tête est nue. Arrache-moi mon autre œil, donne-le-lui et son père ne la battra pas.

— Je resterai une nuit de plus auprès de vous, dit le Martinet, mais je ne peux pas vous arracher votre œil. Vous seriez complètement aveugle.

— Martinet, martinet, petit martinet, dit le Prince, fais ce que je t'ordonne. »

Ayant arraché l'autre œil du Prince, le Martinet s'élança. Il passa comme une flèche près de la marchande d'allumettes et lui glissa le joyau dans la paume de la main.

« Oh, le joli morceau de verre ! » s'écria la petite fille qui rentra chez elle en riant.

Alors le Martinet retourna auprès du Prince. « Maintenant que vous voilà aveugle je resterai toujours auprès de vous.

— Non, petit martinet, dit le pauvre Prince, il faut que tu partes pour l'Égypte.

— Je resterai toujours auprès de vous », dit le Martinet qui s'endormit auprès du Prince.

Pendant toute la journée du lendemain, il lui conta ce qu'il avait vu en étranges contrées. Il lui parla des longues rangées d'ibis rouges, debout au bord du Nil, qui happent dans leurs becs des cyprins dorés ; du Sphinx, qui est aussi vieux que le monde lui-même — il vit dans le désert et connaît toute chose ; des marchands qui marchent à pas lents au côté de leurs chameaux et tiennent à la main des chapelets d'ambre ; du roi des montagnes de la Lune, qui est noir comme l'ébène et adore un vaste cristal ; du grand Serpent vert qui dort dans un palmier et se fait nourrir de gâteaux au miel par vingt prêtres ; et aussi des Pygmées qui, montés sur de larges feuilles plates, voguent à travers un grand lac et mènent une guerre perpétuelle contre les papillons.

« Cher petit martinet, dit le Prince, tu me parles de merveilles, mais rien n'est plus merveilleux que la souffrance des hommes et des femmes. La Misère excède tout Mystère. Vole au-dessus de ma ville, petit martinet. Raconte-moi ce que tu vois là-bas. »

Et le Martinet survola la grande ville. Il vit les riches s'égayant dans leurs splendides demeures, tandis que les mendiants restaient assis devant les grilles. Il vola par de sombres ruelles et vit les faces blêmes des enfants affamés qui fixaient distraitement les rues noires. Sous l'arche d'un pont, deux petits garçons, pour se réchauffer, se serraient dans les bras l'un de l'autre. « Comme nous avons faim! » dirent-ils. « Interdit de dormir ici », cria le veilleur, et ils s'en allèrent sous la pluie.

Alors le Martinet s'en revint conter au Prince ce qu'il avait vu.

« Je suis couvert d'or fin, dit le Prince, il faut que tu l'enlèves feuille à feuille et que tu en fasses don à mes pauvres ; les vivants s'imaginent toujours que l'or peut les rendre heureux. »

Une à une, le Martinet détacha les feuilles d'or fin jusqu'à ce que le Prince Heureux eût pris un aspect tout terne et gris. Une à une, il portait aux pauvres les feuilles d'or, et les visages des enfants en devenaient plus roses. Ils se mettaient à rire et à jouer en pleine rue. «Nous avons du pain maintenant!» s'écriaient-ils.

Puis vint la neige, et le gel après la neige. Les rues semblaient faites d'argent tant elles luisaient, étincelaient; tels des poignards de cristal, de longs glaçons pendaient aux avant-toits des maisons, tout le monde se promenait en fourrure, et les petits garçons, coiffés de casquettes cramoisies, patinaient sur la glace.

Le pauvre petit martinet avait de plus en plus froid, mais il ne voulait pas quitter le prince. Il l'aimait trop tendrement. Lorsque le boulanger regardait ailleurs, il becquetait des miettes à la porte de la boulangerie et tentait de se réchauffer en battant des ailes.

Mais, au bout du compte, il sut qu'il allait mourir. Il eut tout juste la force de voler une fois de plus jusqu'à l'épaule du Prince. «Au revoir, cher Prince! murmura-t-il. Me laisserez-vous baiser votre main?

— Petit martinet, je suis heureux que tu partes enfin pour l'Égypte, dit le Prince. Tu es resté ici trop longtemps. Mais tu dois me baiser les lèvres car je t'aime.

— Ce n'est pas en Égypte que je vais, répondit le Martinet. Je vais à la maison de la Mort. La Mort n'est-elle pas la sœur du Sommeil?»

Et il baisa les lèvres du Prince Heureux avant de tomber mort à ses pieds.

À cet instant, un étrange craquement se fit entendre à l'intérieur de la statue, comme si quelque chose s'y était brisé. Oui, le cœur de plomb venait de se fendre en deux morceaux. Sans doute était-ce la faute d'un gel terriblement dur.

Tôt le lendemain matin, le maire, accompagné des échevins, traversa la place en contrebas. Lorsqu'ils passèrent devant la colonne, il leva les yeux vers la statue: «Mon Dieu! Le Prince semble en bien piteux état! dit-il.

— Piteux état en vérité!» s'exclamèrent les échevins qui étaient toujours d'accord avec le maire, et ils montèrent l'examiner.

«Le rubis est tombé de son épée, ses yeux ont disparu, il n'est plus doré, dit le maire. Vrai, il ne vaut guère mieux qu'un mendiant!

— Guère mieux qu'un mendiant, reprirent les échevins.

— Et voilà-t-il pas un oiseau mort à ses pieds! continua le maire. Décidément, il nous faut proclamer que les oiseaux n'ont pas le droit de mourir ici. » Le secrétaire de mairie prit bonne note de la suggestion.

On abattit donc la statue du Prince Heureux. « N'ayant plus de beauté, le prince n'est plus utile », dit le professeur d'art à l'université.

Alors on fondit la statue dans une fournaise, et le maire réunit un conseil de la guilde pour décider de ce qu'on ferait du métal. « Bien entendu, il nous faut une autre statue : la mienne, déclara-t-il.

— La mienne », répétèrent tous les échevins, et ils se querellèrent. La dernière fois que j'entendis parler d'eux, ils se querellaient encore.

« Comme c'est bizarre ! dit le contremaître de la fonderie. Ce cœur de plomb brisé se refuse à fondre dans la fournaise. Il nous faut le jeter. » On le jeta donc sur un tas d'ordures où gisait le Martinet mort.

« Apportez-moi les deux objets les plus précieux de la ville », demanda Dieu à l'un de ses anges ; et l'ange lui apporta le cœur de plomb et l'oiseau mort.

« Tu as justement choisi, dit Dieu, car dans mon jardin de paradis ce petit oiseau chantera à jamais, et dans ma ville d'or le Prince Heureux chantera mes louanges. »

ALAIN

*Propos sur le bonheur**

LXXXIX

Bonheur est vertu

Il y a un genre de bonheur qui ne tient pas plus à nous qu'un manteau. Ainsi le bonheur d'hériter ou de gagner à la loterie ; aussi la gloire, car elle dépend de rencontres. Mais le bonheur qui dépend de nos puissances propres est au contraire incorporé ; nous en sommes encore mieux teints que n'est de pourpre la laine. Le sage des temps anciens, se sauvant du naufrage et abordant tout nu, disait : « Je porte toute ma fortune avec moi. » Ainsi Wagner portait sa musique et Michel-Ange toutes les sublimes figures qu'il pouvait tracer. Le boxeur

* Extrait de *Propos sur le bonheur* (Folio Essais n° 21).

aussi a ses poings et ses jambes et tout le fruit
de ses travaux autrement que l'on a une couronne ou de l'argent. Toutefois il y a plusieurs
manières d'avoir de l'argent, et celui qui sait
faire de l'argent, comme on dit, est encore riche
de lui-même dans le moment qu'il a tout
perdu.

Les sages d'autrefois cherchaient le bonheur ;
non pas le bonheur du voisin, mais leur bonheur
propre. Les sages d'aujourd'hui s'accordent à
enseigner que le bonheur propre n'est pas une
noble chose à chercher, les uns s'exerçant à dire
que la vertu méprise le bonheur, et cela n'est pas
difficile à dire ; les autres enseignant que le commun bonheur est la vraie source du bonheur
propre, ce qui est sans doute l'opinion la plus
creuse de toutes, car il n'y a point d'occupation
plus vaine que de verser du bonheur dans les
gens autour comme dans des outres percées ; j'ai
observé que ceux qui s'ennuient d'eux-mêmes,
on ne peut point les amuser ; et au contraire, à
ceux qui ne mendient point, c'est à ceux-là que
l'on peut donner quelque chose, par exemple la
musique à celui qui s'est fait musicien. Bref il ne
sert point de semer dans le sable ; et je crois avoir
compris, en y pensant assez, la célèbre parabole
du semeur, qui juge incapables de recevoir ceux

qui manquent de tout. Qui est puissant et heureux par soi sera donc heureux et puissant par
les autres encore en plus. Oui les heureux feront
un beau commerce et un bel échange ; mais
encore faut-il qu'ils aient en eux du bonheur,
pour le donner. Et l'homme résolu doit regarder une bonne fois de ce côté-là, ce qui le
détourne d'une certaine manière d'aimer qui ne
sert point.

M'est avis, donc, que le bonheur intime et
propre n'est point contraire à la vertu, mais plutôt est par lui-même vertu, comme ce beau mot
de vertu nous en avertit, qui veut dire puissance.
Car le plus heureux au sens plein est bien clairement celui qui jettera le mieux par-dessus bord
l'autre bonheur, comme on jette un vêtement.
Mais sa vraie richesse il ne la jette point, il ne le
peut ; non pas même le fantassin qui attaque ou
l'aviateur qui tombe ; leur intime bonheur est
aussi bien chevillé à eux-mêmes que leur propre
vie ; ils combattent de leur bonheur comme
d'une arme ; ce qui a fait dire qu'il y a du bonheur dans le héros tombant. Mais il faut user ici
de cette forme redressante qui appartient en
propre à Spinoza et dire : ce n'est point parce
qu'ils mouraient pour la patrie qu'ils étaient
heureux, mais au contraire, c'est parce qu'ils

étaient heureux qu'ils avaient la force de mourir. Qu'ainsi soient tressées les couronnes de
novembre.

6 novembre 1922

XC
Que le bonheur est généreux

Il faut vouloir être heureux et y mettre du sien.
Si l'on reste dans la position du spectateur impar-
tial, laissant seulement entrée au bonheur et portes
ouvertes, c'est la tristesse qui entrera. Le vrai du
pessimisme est en ceci que la simple humeur non
gouvernée va au triste ou à l'irrité; comme on
voit par l'enfant inoccupé, et l'on n'attend pas
longtemps. L'attrait du jeu, si puissant à cet âge,
n'est pas celui d'un fruit qui éveille la faim ou la
soif; mais plutôt j'y vois une volonté d'être heureux par le jeu, comme on voit que sont les autres.
Et la volonté trouve ici sa prise, parce qu'il ne
s'agit que de se mouvoir, de fouetter la toupie, de
courir et de crier; choses que l'on peut vouloir,
parce que l'exécution suit aussitôt. La même réso-
lution se voit dans les plaisirs du monde, qui sont

61

plaisirs par décret, mais qui exigent aussi que l'on s'y mette par le costume et l'attitude, ce qui soutient le décret. Ce qui plaît surtout au citadin dans la campagne, c'est qu'il y va; l'agir porte le désirer. Je crois que nous ne savons pas bien désirer ce que nous ne pouvons faire, et que l'espérance non aidée est toujours triste. C'est pourquoi la vie privée est toujours triste, si chacun attend le bonheur comme quelque chose qui lui est dû.

Chacun a observé quelque tyran domestique; et l'on voudrait penser, par une vue trop simple, que l'égoïste fait de son propre bonheur la loi de ceux qui l'entourent; mais les choses ne vont point ainsi; l'égoïste est triste parce qu'il attend le bonheur; même sans aucun de ces petits maux qui ne manquent guère, l'ennui vient; c'est donc la loi d'ennui et de malheur que l'égoïste impose à ceux qui l'aiment ou à ceux qui le craignent. Au contraire, la bonne humeur a quelque chose de généreux; elle donne plutôt qu'elle ne reçoit. Il est bien vrai que nous devons penser au bonheur d'autrui; mais on ne dit pas assez que ce que nous pouvons faire de mieux pour ceux qui nous aiment, c'est encore d'être heureux.

C'est ce que nous apprend la politesse, qui est un bonheur d'apparence, aussitôt ressenti par la réaction du dehors sur le dedans, loi constante et constamment oubliée; ainsi ceux qui sont polis sont aussitôt récompensés, sans savoir qu'ils sont récompensés. La meilleure flatterie des jeunes, et qui ne manque jamais son effet, c'est qu'ils ne perdent point devant les personnes d'âge cet éclat du bonheur qui est la beauté; c'est comme une grâce qu'ils font; et l'on appelle grâce, entre autres sens de ce mot si riche, le bonheur sans cause, et sortant de l'être comme d'une source. Dans la bonne grâce il y a un peu plus d'attention, et aussi d'intention, ce qui arrive quand la richesse du jeune âge n'y suffit plus. Mais, quel que soit le tyran, c'est toujours faire sa cour que de bien manger ou de ne point montrer d'ennui. C'est pourquoi il arrive qu'un tyran triste, et qui semble n'aimer point la joie d'autrui, est souvent vaincu et conquis par ceux en qui la joie est plus forte que tout. Les auteurs aussi plaisent par la joie d'écrire, et l'on dit très bien bonheur d'expression, tour heureux. Tout ornement est de joie. Nos semblables ne nous demandent jamais que ce qui nous est à nous-mêmes le plus agréable. Aussi la politesse a-t-elle reçu le beau nom de savoir-vivre.

10 avril 1923

XCI
L'art d'être heureux

On devrait bien enseigner aux enfants l'art d'être heureux. Non pas l'art d'être heureux quand le malheur vous tombe sur la tête ; je laisse cela aux stoïciens ; mais l'art d'être heureux quand les circonstances sont passables et que toute l'amertume de la vie se réduit à de petits ennuis et à de petits malaises.

La première règle serait de ne jamais parler aux autres de ses propres malheurs, présents ou passés. On devrait tenir pour une impolitesse de décrire aux autres un mal de tête, une nausée, une aigreur, une colique, quand même ce serait en termes choisis. De même pour les injustices et pour les mécomptes. Il faudrait expliquer aux enfants et aux jeunes gens, aux hommes aussi, quelque chose qu'ils oublient trop, il me semble, c'est que les plaintes sur soi ne peuvent qu'attrister les autres, c'est-à-dire en fin de compte leur déplaire, même s'ils cherchent de telles confidences, même s'ils semblent se plaire à consoler. Car la tristesse est comme un poison ; on peut l'aimer, mais non s'en trouver bien ; et

c'est toujours le plus profond sentiment qui a raison à la fin. Chacun cherche à vivre, et non à
mourir; et cherche ceux qui vivent, j'entends
ceux qui se disent contents, qui se montrent
contents. Quelle chose merveilleuse serait la
société des hommes, si chacun mettait de son
bois au feu, au lieu de pleurnicher sur des
cendres!

Remarquez que ces règles furent celles de la
société polie; et il est vrai qu'on s'y ennuyait,
faute de parler librement. Notre bourgeoisie a
su rendre aux propos de société tout le franc-
parler qu'il y faut; et c'est très bien. Ce n'est
pourtant pas une raison pour que chacun apporte
ses misères au tas; ce ne serait qu'un ennui plus
noir. Et c'est une raison pour élargir la société
au-delà de la famille; car, dans le cercle de
famille, souvent, par trop d'abandon, par trop de
confiance, on vient à se plaindre de petites
choses auxquelles on ne penserait même pas si
l'on avait un peu le souci de plaire. Le plaisir
d'intriguer autour des puissances vient sans doute
de ce que l'on oublie alors, par nécessité, mille
petits malheurs dont le récit serait ennuyeux.
L'intrigant se donne, comme on dit, de la peine,
et cette peine tourne à plaisir, comme celle du
musicien, comme celle du peintre; mais l'intri-

gant est premièrement délivré de toutes les petites peines qu'il n'a point l'occasion ni le temps de raconter. Le principe est celui-ci : si tu ne parles pas de tes peines, j'entends de tes petites peines, tu n'y penseras pas longtemps.

Dans cet art d'être heureux, auquel je pense, je mettrais aussi d'utiles conseils sur le bon usage du mauvais temps. Au moment où j'écris, la pluie tombe ; les tuiles sonnent ; mille petites rigoles bavardent ; l'air est lavé et comme filtré ; les nuées ressemblent à des haillons magnifiques. Il faut apprendre à saisir ces beautés-là. Mais, dit l'un, la pluie gâte les moissons. Et l'autre : la boue salit tout. Et un troisième : il est si bon de s'asseoir dans l'herbe. C'est entendu ; on le sait ; vos plaintes n'y retranchent rien, et je reçois une pluie de plaintes qui me poursuit dans la maison. Eh bien, c'est surtout en temps de pluie, que l'on veut des visages gais. Donc, bonne figure à mauvais temps.

8 septembre 1910

XCII
Du devoir d'être heureux

Il n'est pas difficile d'être malheureux ou mécontent; il suffit de s'asseoir, comme fait un prince qui attend qu'on l'amuse; ce regard qui guette et pèse le bonheur comme une denrée jette sur toutes choses la couleur de l'ennui; non sans majesté, car il y a une sorte de puissance à mépriser toutes les offrandes; mais j'y vois aussi une impatience et une colère à l'égard des ouvriers ingénieux qui font du bonheur avec peu de chose, comme les enfants font des jardins. Je fuis. L'expérience m'a fait voir assez que l'on ne peut distraire ceux qui s'ennuient d'eux-mêmes.

Au contraire, le bonheur est beau à voir; c'est le plus beau spectacle. Quoi de plus beau qu'un enfant? Mais aussi il se met tout à ses jeux; il n'attend pas que l'on joue pour lui. Il est vrai que l'enfant boudeur nous offre aussi l'autre visage, celui qui refuse toute joie; et heureusement l'enfance oublie vite; mais chacun a pu connaître de grands enfants qui n'ont point cessé de bouder. Que leurs raisons soient fortes, je le sais; il est toujours difficile d'être heureux; c'est

67

un combat contre beaucoup d'événements et contre beaucoup d'hommes ; il se peut que l'on y soit vaincu ; il y a sans aucun doute des événements insurmontables et des malheurs plus forts que l'apprenti stoïcien ; mais c'est le devoir le plus clair peut-être de ne point se dire vaincu avant d'avoir lutté de toutes ses forces. Et surtout, ce qui me paraît évident, c'est qu'il est impossible que l'on soit heureux si l'on ne veut pas l'être ; il faut donc vouloir son bonheur et le faire.

Ce que l'on n'a point assez dit, c'est que c'est un devoir aussi envers les autres que d'être heureux. On dit bien qu'il n'y a d'aimé que celui qui est heureux ; mais on oublie que cette récompense est juste et méritée ; car le malheur, l'ennui et le désespoir sont dans l'air que nous respirons tous ; aussi nous devons reconnaissance et couronne d'athlète à ceux qui digèrent les miasmes, et purifient en quelque sorte la commune vie par leur énergique exemple. Aussi n'y a-t-il rien de plus profond dans l'amour que le serment d'être heureux. Quoi de plus difficile à surmonter que l'ennui, la tristesse ou le malheur de ceux que l'on aime ? Tout homme et toute femme devraient penser continuellement à ceci que le bonheur, j'entends celui que l'on conquiert

pour soi, est l'offrande la plus belle et la plus
généreuse.

J'irais même jusqu'à proposer quelque couronne civique pour récompenser les hommes qui
auraient pris le parti d'être heureux. Car, selon
mon opinion, tous ces cadavres, et toutes ces
ruines, et ces folles dépenses, et ces offensives de
précaution, sont l'œuvre d'hommes qui n'ont
jamais su être heureux et qui ne peuvent supporter ceux qui essaient de l'être. Quand j'étais enfant,
j'appartenais à l'espèce des poids lourds, difficiles à
vaincre, difficiles à remuer, lents à s'émouvoir.
Aussi il arrivait souvent que quelque poids léger,
maigre de tristesse et d'ennui, s'amusait à me tirer
les cheveux, à me pincer, et avec cela se moquant,
jusqu'à un coup de poing sans mesure qu'il rece-
vait et qui terminait tout. Maintenant, quand je
reconnais quelque gnome qui annonce les guerres
et les prépare, je n'examine jamais ses raisons, étant
assez instruit sur ces malfaisants génies qui ne peuvent supporter que l'on soit tranquille. Ainsi la
tranquille France comme la tranquille Allemagne
sont à mes yeux des enfants robustes, tourmentés
et mis enfin hors d'eux-mêmes par une poignée
de méchants gamins.

16 mars 1923

Nous avons rêvé
des jours de bonheur

J.M.G. LE CLÉZIO

Mananava, 1922*

Nous avons rêvé des jours de bonheur, à Mananava, sans rien savoir des hommes. Nous avons vécu une vie sauvage, occupés seulement des arbres, des baies, des herbes, de l'eau des sources qui jaillit de la falaise rouge. Nous pêchons des écrevisses dans un bras de la Rivière Noire, et près de l'estuaire, les crevettes, les crabes, sous les pierres plates. Je me souviens des histoires que racontait le vieux capt'n Cook, du singe Zako qui pêchait les crevettes avec sa queue.

Ici, tout est simple. À l'aube, nous nous glissons dans la forêt frissonnante de rosée, pour faire cueillette de goyaves rouges, de merises, de prunes malgaches, de cœurs-de-bœuf, ou pour ramasser les brèdes songe, les chouchous sau-

* Extrait du *Chercheur d'or* (Folio n° 2000).

vages, les margozes. Nous habitons sur les lieux
où ont vécu les marrons, au temps du grand
Sacalavou, au temps de Senghor. «Là, regarde!
C'était leurs champs. Ils gardaient là leurs
cochons, leurs cabris, leurs poules. Ils faisaient
pousser les fèves, les lentilles, l'igname, le maïs.»
Ouma me montre les murets écroulés, les tas de
galets recouverts par la broussaille. Contre une
falaise de lave, un buisson d'épine cache l'entrée
d'une caverne. Ouma m'apporte des fleurs odo-
rantes. Elle les met dans sa lourde chevelure, derrière ses oreilles. «Fleurs cassi.»

Elle n'a jamais été aussi belle, avec ses cheveux noirs qui encadrent son visage lisse, son
corps svelte dans sa robe de *gunny* délavée et
rapiécée.

Alors je ne pense guère à l'or, je n'en ai plus
l'envie. Ma batée est restée au bord du ruisseau,
près de la source, et je cours la forêt en suivant
Ouma. Mes vêtements sont déchirés par les
branches, mes cheveux et ma barbe ont poussé
comme ceux de Robinson. Avec des brins de
vacoa, Ouma a tressé pour moi un chapeau, et
je crois que personne ne pourrait me reconnaître
dans cet accoutrement.

Plusieurs fois, nous sommes descendus jusqu'à
l'embouchure de la Rivière Noire, mais Ouma

a peur du monde, à cause de la révolte des *gun-nies*. Nous sommes quand même allés à l'aube jusqu'à l'estuaire de Tamarin, et nous avons marché sur le sable noir. Alors tout est encore dans la brume de l'aube, et le vent qui souffle est froid. À demi cachés au milieu des vacoas, nous avons regardé la mer mauvaise, pleine de vagues qui jettent de l'écume. Il n'y a rien de plus beau au monde.

Quelquefois, Ouma va pêcher dans les eaux du lagon, du côté de la Tourelle, ou bien près des salines, pour voir son frère. Le soir, elle me rapporte le poisson et nous le faisons griller dans notre cachette près des sources.

Chaque soir, quand le soleil descend vers la mer, nous guettons, immobiles dans les rochers, l'arrivée des pailles-en-queue. Dans le ciel de lumière ils viennent très haut, en glissant lentement comme des astres. Ils ont fait leur nid en haut des falaises, du côté du mont Machabé. Ils sont si beaux, si blancs, ils planent si longtemps dans le ciel, sur le vent de la mer, que nous ne sentons plus la faim, ni la fatigue, ni l'inquiétude du lendemain. Est-ce qu'ils ne sont pas éternels ? Ouma dit que ce sont les deux oiseaux qui chantent les louanges de Dieu. Nous les guettons chaque jour, au crépuscule, parce qu'ils nous rendent heureux.

Pourtant, quand vient la nuit, je sens quelque chose qui trouble. Le beau visage d'Ouma, couleur de cuivre sombre, a une expression vide, comme si rien n'était réel autour de nous. Plusieurs fois, elle dit, à voix basse : « Un jour, je partirai… » « Où iras-tu ? » Mais elle ne dit rien d'autre.

Les saisons sont passées, un hiver, un été. Il y a si longtemps que je n'ai vu d'autres hommes ! Je ne sais comment c'était, avant, à Forest Side, à Port Louis. Mananava est immense. La seule personne qui me rattache au monde extérieur, c'est Laure. Quand je parle d'elle, Ouma dit : « Je voudrais bien la connaître. » Mais elle ajoute : « C'est impossible. » Je parle d'elle, je me souviens quand elle allait mendier de l'argent chez les riches, à Curepipe, à Floréal, pour les pauvresses, pour les damnés de la canne. Je parle des chiffons qu'elle allait chercher dans les belles maisons, pour fabriquer des suaires pour les vieilles Indiennes qui vont mourir. Ouma dit : « Tu dois retourner avec elle. » Sa voix est claire, et cela me trouble et me fait mal.

Cette nuit est froide et pure, une nuit d'hiver semblable à celles de Rodrigues, quand nous étions allongés dans le sable de l'Anse aux Anglais et que nous regardions le ciel se peupler d'étoiles.

Tout est silencieux, arrêté, le temps sur terre est celui de l'univers. Allongé sur le tapis de vacoas, enroulé avec Ouma dans la couverture de l'armée, je regarde les étoiles : Orion, à l'ouest, et serré contre la voile du navire Argo, le Grand Chien où brille Sirius, le soleil de la nuit. J'aime parler des étoiles (et je ne m'en prive pas), je dis leurs noms à haute voix, comme lorsque je les récitais à mon père, marchant dans l'Allée des Étoiles :

« Arcturus, Denebola, Bellatrix, Bételgeuse, Acomar, Antarès, Shaula, Altaïr, Andromède, Fomalhaut... »

Tout à coup, au-dessus de nous, sur la voûte céleste, glisse une pluie d'étoiles. De tous côtés, les traits de lumière rayent la nuit, puis s'éteignent, certains très brefs, d'autres si longs qu'ils restent marqués sur nos rétines. Nous nous sommes relevés pour mieux voir, la tête renversée en arrière, éblouis. Je sens le corps d'Ouma qui tremble contre le mien. Je veux la réchauffer, mais elle me repousse. En touchant son visage, je comprends qu'elle pleure. Puis elle court vers la forêt, elle se cache sous les arbres, pour ne plus voir les traits de feu qui emplissent le ciel. Quand je la rejoins, elle parle d'une voix rauque, pleine de colère et de fatigue. Elle parle du malheur et de la guerre qui doivent revenir, encore une fois, de la mort de sa mère, des manafs que l'on chasse de partout, qui doivent repartir maintenant. J'essaie de la calmer, je veux lui dire : mais ce ne sont que des aérolithes! Je n'ose pas lui dire cela, et d'ailleurs, est-ce que ce sont vraiment des aérolithes?

À travers les feuillages, je vois les étoiles filantes glisser silencieusement dans le ciel glacé, entraînant avec elles d'autres astres, d'autres soleils. La guerre va revenir, peut-être, le ciel va de nouveau s'éclairer de la lueur des bombes et des incendies.

Nous restons longtemps serrés l'un contre l'autre sous les arbres, à l'abri des signes de la destinée. Puis le ciel redevient calme, et les étoiles recommencent à briller. Ouma ne veut pas retourner parmi les rochers. Je l'enveloppe dans la couverture et je m'endors assis à côté d'elle, semblable à un veilleur inutile.

LÉON TOLSTOÏ

*Le bonheur conjugal**

Cependant, le printemps vint. Mon ancienne
angoisse avait disparu, remplacée par une lan-
gueur printanière et rêveuse, des espoirs et des
désirs confus. Quoique je ne vécusse plus comme
au début de l'hiver, puisque je m'occupais de
Sonia, faisais de la musique, lisais, je sortais souvent dans le jardin et errais longtemps, longtemps,
seule dans les allées, ou m'asseyais sur un banc,
pensant, désirant, espérant Dieu sait quoi. Parfois,
je passais des nuits entières, surtout par clair de
lune, assise jusqu'au matin devant la fenêtre de
ma chambre ; parfois, vêtue d'une simple cami-
sole, je sortais dans le jardin sans me faire remarquer de Katia et courais dans la rosée jusqu'à
l'étang : un jour, je débouchai même dans la campagne et fis seule, de nuit, tout le tour du jardin.

* Extrait du *Bonheur conjugal* (Folio n° 622).

Aujourd'hui, il m'est difficile de me rappeler et de comprendre les rêves qui remplissaient alors mon imagination. Même quand je m'en souviens, j'ai du mal à croire que ç'ait été vraiment mes rêves, tant ils étaient étranges et loin de la vie.

À la fin de mai, Serge Mikhaïlytch revint de voyage, comme il nous l'avait promis.

La première fois, il arriva le soir, alors que nous ne l'attendions pas du tout. Nous étions assises sur la terrasse et nous allions prendre le thé. Le jardin était déjà plein de verdure et, dans les parterres envahis par l'herbe, les rossignols s'étaient déjà installés pour toute la période de la Saint-Pierre. Les bosquets touffus des lilas paraissaient avoir été saupoudrés d'en haut, ici et là, de blanc et de mauve. C'étaient les fleurs qui s'apprêtaient à s'épanouir. Le feuillage de l'allée de bouleaux était tout transparent sous le soleil couchant. Il y avait une ombre fraîche sur la terrasse. Une abondante rosée nocturne devait couvrir l'herbe. Dehors, au-delà du jardin, on entendait les derniers bruits du jour, la rumeur du troupeau qu'on ramenait ; l'innocent Nicon passait avec le tonneau dans le sentier qui longeait la terrasse, et le filet d'eau froide qui s'échappait de l'arrosoir dessinait des cercles noirs sur la terre bêchée autour des tiges des dahlias et de leurs tuteurs. Devant nous, sur la terrasse, le samovar bien astiqué brillait et bouillait sur la nappe blanche, entouré de crème, de petits gâteaux secs, de pâtisseries. Katia, en bonne ménagère, lavait les tasses avec ses mains potelées. Sans attendre le thé, affamée après mon bain, je mangeais une tranche de pain couverte de crème fraîche épaisse. Je portais une blouse de toile à manches courtes, un fichu couvrait mes cheveux mouillés. Ce fut Katia qui l'aperçut la première par la fenêtre.

— Ah ! Serge Mikhaïlytch ! fit-elle, nous parlions justement de vous.

Je me levai pour aller changer de robe, mais il me rejoignit alors que j'étais déjà sur le seuil de la porte.

— Que de cérémonies pour la campagne ! me dit-il en regardant ma tête entourée d'un fichu et en souriant. Vous ne vous gênez pas devant Grégoire, et pour vous, vraiment, je suis Grégoire. Mais, à ce moment précis, j'eus l'impression qu'il me regardait tout autrement que pouvait me regarder Grégoire et je me sentis mal à mon aise.

— Je reviens tout de suite, lui dis-je en le quittant.

— Quel mal y a-t-il à cela! cria-t-il derrière moi, vous avez tout à fait l'air d'une jeune paysanne!

« Comme il m'a regardée drôlement, songeai-je en me rhabillant en hâte au premier étage. Grâce à Dieu, le voilà revenu : ce sera plus gai!» Après avoir jeté un coup d'œil à mon miroir, je descendis gaiement l'escalier et, sans cacher que je m'étais dépêchée, arrivai tout essoufflée sur la terrasse. Il était assis à table et parlait à Katia de nos affaires. Il jeta les yeux vers moi, sourit et continua à parler. Nos affaires, à l'entendre dire, étaient en bonne voie. Maintenant, il nous fallait seulement passer l'été à la campagne et ensuite aller soit à Pétersbourg pour l'éducation de Sonia, soit à l'étranger.

— Vous devriez venir avec nous à l'étranger, dit Katia, autrement, toutes seules, nous serons là-bas comme dans un bois.

— Ah! j'irais volontiers faire le tour du monde avec vous! dit-il, mi-plaisant, mi-sérieux.

— Pourquoi pas? dis-je, partons faire le tour du monde.

Il sourit et hocha la tête.

— Et ma mère? Et mon travail? dit-il. Mais il ne s'agit pas de cela. Racontez-moi un peu comment vous avez passé ce temps? J'espère que vous n'avez pas eu de nouveau du vague à l'âme?

Je lui racontai que je m'étais occupée en son absence, que je ne m'étais pas ennuyée, et Katia confirma mes dires : il me félicita et me combla de paroles et de regards affectueux, comme si j'étais une enfant et comme s'il en avait le droit. Il me parut indispensable de lui faire part en détail et très sincèrement de tout ce que j'avais fait de bien et de lui avouer, comme à confesse, tout ce dont il pouvait être mécontent. La soirée était si belle que nous restâmes sur la terrasse après qu'on eut desservi. La conversation était tellement intéressante pour moi que je ne remarquai pas que peu à peu les bruits de la maison s'étaient tus autour de nous. Le parfum des fleurs nous venait de toutes parts avec plus de force, une rosée abondante mouillait l'herbe, un rossignol se mit à s'égosiller non loin de nous dans un bosquet de lilas, puis se tut après avoir entendu nos voix ; le ciel étoilé semblait se pencher au-dessus de nous.

Je remarquai que le crépuscule tombait, uniquement parce qu'une chauve-souris se faufila soudain sans bruit sous le rideau de toile de la terrasse et se mit à voleter autour de mon fichu blanc. Je me serrai contre le mur et j'allais pousser un cri, lorsque la chauve-souris, toujours rapide et toujours silencieuse, se glissa derrière l'auvent de toile et disparut dans la pénombre du jardin.

— Que j'aime votre Pokrovskoïé! dit-il, en interrompant la conversation. Je resterais bien toute ma vie assis sur cette terrasse.

— Eh bien, restez-y, dit Katia.

— Oui, fit-il... rester... La vie, elle, ne s'arrête pas.

— Pourquoi ne vous mariez-vous pas? dit Katia. Vous feriez un excellent mari.

— Parce que j'aime rester assis?... Il se mit à rire. Non, Catherine Karlovna, vous et moi, nous ne sommes plus d'âge à nous marier. Il y a longtemps que tout le monde a cessé de me regarder comme un homme à marier. Moi aussi, depuis belle lurette; et depuis ce temps-là je me sens tout à fait bien, je vous assure.

Il me sembla qu'il disait cela avec un entrain forcé.

— Bravo! À trente-six ans, avoir achevé sa vie! dit Katia.

— Mais oui, reprit-il, tout ce dont j'ai envie, c'est de rester tranquille. Quant à me marier, c'est une autre affaire. Demandez-lui plutôt, ajouta-t-il en faisant un signe de tête vers moi.

C'est celles-là qu'il faut marier. Vous et moi, nous nous réjouirons en les regardant.

Dans le son de sa voix, il y avait une tristesse cachée, une tension, qui ne m'échappa pas. Il se tut un instant ; ni moi, ni Katia ne dîmes rien.

— Non, mais, imaginez, reprit-il en se tournant sur sa chaise, que soudain j'épouse, par un hasard malheureux, une jeune fille de dix-sept ans comme Mach... Marie Alexandrovna. C'est un bon exemple, je suis très content que cela se présente comme cela... C'est le meilleur exemple.

Je me mis à rire : je ne comprenais absolument pas pourquoi il était si content et ce qui se présentait comme cela.

— Non, dites-moi franchement, la main sur le cœur, dit-il en s'adressant à moi sur le ton de la plaisanterie, est-ce que ce ne serait pas pour vous un malheur d'unir votre vie à un homme vieux, qui a fait son temps, qui n'a qu'une envie, c'est de se reposer, quand Dieu sait ce qui vous trotte par la tête, ce que vous désirez ?

Je me sentis mal à l'aise : je me tus, ne sachant que répondre.

— Je ne vous demande pas en mariage, dit-il en riant, mais dites-moi franchement : ce n'est tout de même pas d'un pareil mari que vous rêvez, quand vous vous promenez le soir, seule, dans l'allée? N'est-ce pas que ce serait un malheur?

— Ce ne serait pas un malheur..., commençai-je.

— En tout cas, ce serait mal..., acheva-t-il.

— Oui, mais je peux me trom...

De nouveau, il m'interrompit.

— Vous voyez, elle a parfaitement raison, je lui suis reconnaissant de sa sincérité et je suis très heureux que nous ayons eu cette conversation! Et ce n'est pas tout : pour moi, ce serait le plus grand des malheurs, ajouta-t-il.

— Quel original vous faites, vous ne changez pas d'un pouce! dit Katia, et elle quitta la terrasse afin de faire servir le souper.

Nous nous tûmes tous deux après le départ de Katia; autour de nous, tout était silencieux. Seul, un rossignol modulait son chant qui remplissait tout le jardin : ce chant n'était plus, comme celui du soir, saccadé, indécis, mais comme celui de la nuit, calme et serein : un autre, en bas du fossé, lui répondit de loin pour la première fois de la soirée. Le plus proche se tut, comme s'il écoutait une minute, et lança à nouveau son trille sonore et fluide, avec plus d'acuité et de tension. Ces voix résonnaient avec une sérénité royale dans ce monde nocturne qui était le leur, étranger pour nous. Le jardinier alla se coucher dans la serre ; ses pas, ses grosses bottes résonnaient sur le sentier en s'éloignant de plus en plus. Quelqu'un poussa par deux fois un sifflement strident au bas de la côte, puis tout retomba dans le silence. À peine entendait-on une feuille bouger, la toile de la terrasse se soulever : un parfum qui flottait dans l'air parvint jusqu'à la terrasse et s'y répandit. Cela me gênait de me taire après ce qui avait été dit, mais je ne savais que dire. Je le regardai. Ses yeux brillants se tournèrent vers moi dans la pénombre.

— Qu'il fait bon vivre sur terre ! dit-il.

Je poussai un soupir.

— Qu'est-ce qu'il y a ?

— Qu'il fait bon vivre sur terre ! répétai-je.

Nous retombâmes dans le silence et je fus à nouveau mal à mon aise. Je me disais tout le temps que je l'avais peiné en admettant qu'il était vieux ; je voulais le consoler, mais je ne savais comment m'y prendre.

— Allons, adieu, dit-il en se levant, maman m'attend pour souper. Je ne l'ai presque pas vue aujourd'hui.

— Et moi qui voulais vous jouer une nouvelle sonate, lui dis-je.

— Une autre fois, me dit-il d'un ton qui me parut froid.

— Adieu.

J'eus l'impression encore plus nette de l'avoir blessé et j'en fus attristée. Katia et moi, nous le reconduisîmes jusqu'au perron et nous restâmes dehors, en regardant la route où il disparaissait. Lorsque le bruit des sabots de son cheval se fut tu, je regagnai la terrasse par un détour et recommençai à regarder le jardin et, dans la brume de rosée où se tenaient les sons de la nuit, longtemps encore je vis et entendis tout ce que je désirais voir et entendre.

Il revint une seconde, une troisième fois et la gêne produite par l'étrange conversation que nous avions eue disparut complètement et ne revint plus. Au cours de l'été, il vint nous voir deux ou trois fois par semaine; j'étais tellement habituée à lui que lorsqu'il restait longtemps sans venir il me semblait pénible de vivre seule et je me fâchais contre lui et trouvais qu'il agissait mal en me délaissant. Il me traitait comme un jeune camarade de prédilection, me posait des questions, m'incitait à la franchise la plus entière, me donnait des conseils, m'encourageait, parfois me grondait et m'arrêtait. Mais, malgré tous ses efforts pour être constamment à mon niveau, je sentais que, derrière ce que je comprenais en lui, il y avait encore tout un monde étranger dans lequel il jugeait inutile de me laisser pénétrer et c'était cela qui, plus fortement que tout, nourrissait mon respect et m'attirait vers lui. Je savais par Katia et par les voisins qu'en plus du soin qu'il prenait de sa vieille mère avec laquelle il vivait, de la gérance de son domaine et de notre tutelle, il s'occupait encore d'affaires concernant la noblesse et que cela lui procurait beaucoup de désagréments ; mais comment il envisageait tout cela, quels étaient ses convictions, ses projets, ses espoirs, jamais je ne pus le savoir par lui. Aussitôt que je mettais l'entretien sur ses occupations, il fronçait les sourcils à sa manière, comme pour dire : « Laissez cela, je vous en prie, vous n'avez rien à voir là-dedans » et il changeait la conversation. Au début, cela me blessait mais ensuite je m'habituai si bien à ne parler avec lui que de ce qui me concernait que je trouvai cela tout naturel.

Ce qui me déplut aussi au début, et qui plus tard, au contraire, me fut agréable, c'était sa totale indifférence, son espèce de dédain pour mon apparence. Jamais, ni par un regard, ni par une parole, il ne me faisait comprendre que j'étais jolie ; au contraire, il fronçait les sourcils et riait quand on disait devant lui que j'étais charmante. Il aimait même trouver en moi des défauts extérieurs et me taquiner à ce sujet. Les robes et les coiffures à la mode dont Katia aimait me parer les jours solennels n'éveillaient que ses plaisanteries qui chagrinaient la bonne Katia et au début me déroutaient. Katia, qui avait décidé dans son for intérieur que je lui plaisais, ne pouvait absolument pas comprendre qu'on n'aime pas que la femme qui vous plaît se montre sous son meilleur jour. Mais moi, je compris bientôt ce qu'il voulait. Il voulait être sûr que je n'étais pas coquette. Et lorsque j'eus compris cela, il ne resta réellement plus en moi une ombre de coquetterie dans mes parures, mes coiffures ou mes gestes; par contre, la coquetterie de la simplicité, cousue de fil blanc, fit son apparition, à une époque où je ne pouvais pas encore être simple. Je savais qu'il m'aimait; mais je ne me demandais pas encore s'il m'aimait comme une enfant ou comme une femme. J'attachais du prix à cet amour et, sentant qu'il me considérait comme la jeune fille la plus accomplie de la terre, je ne pouvais pas ne pas désirer qu'il demeurât dans cette erreur. Et, involontairement, je le trompais. Mais, tout en le trompant, je devenais meilleure. Je sentais qu'il était préférable, plus digne, de faire valoir à ses yeux les meilleurs aspects de mon âme, plutôt que ceux de mon corps. Mes cheveux, mes mains, mon visage, mes habitudes, quelles qu'elles fussent, bonnes ou mauvaises, il me semblait qu'il les avait jugés du premier coup d'œil et savait que je ne pouvais rien ajouter à mon extérieur, sinon le désir de tricher. Mon âme, par contre, il l'ignorait parce qu'il l'aimait, parce qu'à ce moment même elle croissait et se développait : c'était là que je pouvais lui donner le change et je ne m'en faisais pas faute. Comme je me sentis plus à mon aise avec lui lorsque j'eus compris cela clairement ! Ces désarrois irraisonnés, cette gêne dans mes mouvements disparurent complètement. Je sentais que, fût-ce par-devant, de côté, debout ou assise, les cheveux relevés ou flottants, il me voyait, me connaissait tout entière et il me semblait qu'il était content de moi, telle que j'étais. Je crois que si, contrairement à son habitude, il m'avait soudain dit, comme les autres, que j'avais un joli visage, cela ne m'aurait pas fait plaisir du tout. Par contre, quel baume, quelle lumière, lorsque après une phrase que j'avais prononcée il me regardait avec insistance et disait d'une voix émue, à laquelle il s'efforçait de donner le ton de la plaisanterie :

— Oui, oui, il y a QUELQUE CHOSE en vous. Vous êtes une brave fille, je dois vous le dire.

Or, pourquoi recevais-je ces récompenses qui remplissaient mon cœur de fierté et d'allégresse? Pour avoir dit que je comprenais l'amour du vieux Grégoire pour sa petite-fille, ou parce que j'avais été touchée jusqu'aux larmes par une poésie ou un roman que j'avais lu, ou parce que je préférais Mozart à Schulhoff. Et, chose étonnante, songeais-je, avec un flair extraordinaire je devinais tout ce qui était beau et tout ce qu'il fallait aimer, alors qu'à l'époque j'ignorais encore totalement ce qui était beau et ce qu'il fallait aimer. La plus grande partie de mes habitudes et de mes goûts d'autrefois lui déplaisaient, et il lui suffisait de montrer par un mouvement de sourcils, un regard que ce que j'allais dire lui déplaisait, de faire sa mine apitoyée, un soupçon méprisante, et j'avais déjà le sentiment de ne plus aimer ce que j'aimais avant. Parfois, lorsqu'il voulait me donner un conseil, il me semblait que je savais déjà ce qu'il allait dire. Il me posait une question, en me regardant dans les yeux, et son regard extrayait de moi la pensée qu'il désirait. Toutes mes pensées, tous mes sentiments d'alors n'étaient pas les miens, mais les siens, devenus subitement miens, passés dans ma vie et l'illuminant. De façon absolument imperceptible pour moi-même, je commençai à regarder tout avec d'autres yeux : et Katia, et nos domestiques, et Sonia, et moi-même et mes occupations. Les livres qu'autrefois je lisais uniquement pour tuer mon ennui devinrent soudain pour moi un des plus grands plaisirs de la vie, et cela uniquement parce que j'avais parlé de livres avec lui, parce que nous en avions lu ensemble et qu'il m'en avait apporté. Auparavant, m'occuper de Sonia, lui faire réciter ses leçons était pour moi une pénible obligation que je m'efforçais de remplir uniquement par sentiment du devoir ; il assista à une de nos leçons... et suivre les progrès de Sonia devint une joie pour moi. Étudier tout un morceau au piano me paraissait autrefois impossible ; maintenant, sachant qu'il m'écouterait et, peut-être, me féliciterait, je répétais jusqu'à quarante fois de suite le même passage (si bien que la pauvre Katia se bouchait les oreilles avec de l'ouate), sans en éprouver de l'ennui.

Les mêmes vieilles sonates se phrasaient maintenant tout autrement et sortaient en sons différents, beaucoup plus beaux. Katia elle-même, que je connaissais et aimais comme moi-même, avait changé à mes yeux. C'était seulement maintenant que je comprenais qu'elle n'était pas du tout obligée d'être la mère, l'amie, l'esclave, qu'elle était pour nous. Je compris toute l'abnégation et tout le dévouement de cette créature aimante, je compris tout ce que je lui devais, et l'aimai encore plus. Ce fut lui encore qui m'apprit à regarder nos gens : paysans, domestiques, jeunes servantes, tout autrement qu'avant. C'est ridicule à dire, mais, jusqu'à dix-sept ans, j'avais vécu parmi ces gens, plus étrangère pour eux que pour des personnes que je n'avais jamais vues ; jamais je n'avais songé que ces êtres aimaient, désiraient, regrettaient, tout comme moi. Notre jardin, nos bois, nos champs, que je connaissais depuis si longtemps, soudain me parurent beaux, nouveaux. Ce n'était pas sans raison qu'il me disait qu'il y avait dans la vie qu'un seul bonheur certain : vivre pour autrui. Cela me paraissait alors étrange, je ne comprenais pas ; mais cette conviction, à l'insu de ma pensée, pénétrait déjà dans mon cœur. Il me révéla tout un monde de joies dans le présent, sans rien changer à ma vie, sans rien ajouter que moi-même à chaque impression. Tout cela m'entourait tacitement depuis mon enfance. Il lui suffisait d'arriver pour que tout se mît à parler et affluât à l'envi dans mon âme en la comblant de bonheur.

Souvent, cet été-là, je montais au premier

étage, dans ma chambre, m'étendais sur mon lit et, au lieu de l'ennui du printemps précédent, des désirs et des espoirs concernant l'avenir, c'était l'appréhension du bonheur dans le présent qui s'emparait de moi. Je ne pouvais m'assoupir : je me levais, allais m'asseoir sur le lit de Katia et lui disais que j'étais parfaitement heureuse ; pour autant que je m'en souviens maintenant, c'était parfaitement inutile de le lui dire : elle pouvait le voir elle-même. Mais elle me disait qu'elle non plus n'avait besoin de rien, qu'elle était elle aussi très heureuse, et elle m'embrassait. Je la croyais, tant il me semblait nécessaire et juste que tous fussent heureux. Mais Katia pouvait aussi penser au sommeil et parfois même, faisant semblant d'être fâchée, elle me chassait de son lit et s'endormait ; mais moi, je passais longuement en revue tout ce qui faisait mon bonheur. Parfois je me relevais et priais une seconde fois, avec des mots à moi, pour remercier Dieu de tout ce bonheur qu'Il m'avait donné.

Dans la pièce, tout était silencieux ; Katia respirait calmement dans son sommeil, sa montre à côté d'elle faisait entendre son tic-tac, c'était tout ; moi, je me retournais, murmurais des paroles, ou bien je me signais et baisais la croix que je portais au cou. Les portes étaient fermées,

les volets étaient mis, une mouche ou un mous-
tique bourdonnait sur place en agitant ses ailes.
J'éprouvais alors le désir de ne jamais sortir de
cette petite chambre, j'aurais voulu que le matin
n'arrivât pas, que cette atmosphère intime qui
m'entourait ne se dissipât jamais. Il me semblait
que mes rêves, mes pensées et mes prières étaient
des êtres vivants, habitant à côté de moi dans
l'obscurité, planant autour de mon lit, se tenant
au-dessus de moi. Or, chacune de mes pensées
était une de ses pensées, chacun de mes sentiments un de ses sentiments. À cette époque, je
ne savais pas encore que c'était l'amour, je pensais qu'il pouvait en être toujours ainsi, que
c'était un sentiment qui vous venait, comme
cela, sans raison.

GUY DE MAUPASSANT

Le bonheur*

C'était l'heure du thé, avant l'entrée des
lampes. La villa dominait la mer ; le soleil disparu
avait laissé le ciel tout rose de son passage, frotté
de poudre d'or ; et la Méditerranée, sans une
ride, sans un frisson, lisse, luisante encore sous le
jour mourant, semblait une plaque de métal
polie et démesurée.

Au loin, sur la droite, les montagnes dente-
lées dessinaient leur profil noir sur la pourpre
pâlie du couchant.

On parlait de l'amour, on discutait ce vieux
sujet, on redisait des choses qu'on avait dites,
déjà, bien souvent. La mélancolie douce du
crépuscule alentissait les paroles, faisait flotter
un attendrissement dans les âmes, et ce mot :
« amour », qui revenait sans cesse, tantôt pro-

* Extrait des *Contes du jour et de la nuit* (Folio n° 1558).

noncé par une forte voix d'homme, tantôt dit par une voix de femme au timbre léger, paraissait emplir le petit salon, y voltiger comme un oiseau, y planer comme un esprit.

Peut-on aimer plusieurs années de suite ?

— Oui, prétendaient les uns.

— Non, affirmaient les autres.

On distinguait les cas, on établissait des démarcations, on citait des exemples ; et tous, hommes et femmes, pleins de souvenirs surgissants et troublants, qu'ils ne pouvaient citer et qui leur montaient aux lèvres, semblaient émus, parlaient de cette chose banale et souveraine, l'accord tendre et mystérieux de deux êtres, avec une émotion profonde et un intérêt ardent.

Mais tout à coup quelqu'un, ayant les yeux fixés au loin, s'écria :

— Oh ! voyez, là-bas, qu'est-ce que c'est ?

Sur la mer, au fond de l'horizon, surgissait une masse grise, énorme et confuse.

Les femmes s'étaient levées et regardaient sans comprendre cette chose surprenante qu'elles n'avaient jamais vue.

Quelqu'un dit :

— C'est la Corse ! On l'aperçoit ainsi deux ou trois fois par an dans certaines conditions d'atmosphère exceptionnelles, quand l'air, d'une limpidité parfaite, ne la cache plus par ces brumes de vapeur d'eau qui voilent toujours les lointains.

On distinguait vaguement les crêtes, on crut reconnaître la neige des sommets. Et tout le monde restait surpris, troublé, presque effrayé par cette brusque apparition d'un monde, par ce fantôme sorti de la mer. Peut-être eurent-ils de ces visions étranges, ceux qui partirent, comme Colomb, à travers les océans inexplorés.

Alors, un vieux monsieur, qui n'avait pas encore parlé, prononça :

— Tenez, j'ai connu dans cette île, qui se dresse devant nous, comme pour répondre elle-même à ce que nous disions et me rappeler un singulier souvenir, j'ai connu un exemple admirable d'un amour constant, d'un amour invraisemblablement heureux.

Le voici.

*

Je fis, voilà cinq ans, un voyage en Corse. Cette île sauvage est plus inconnue et plus loin de nous que l'Amérique, bien qu'on la voie quelquefois des côtes de France, comme aujourd'hui.

Figurez-vous un monde encore en chaos, une

tempête de montagnes que séparent des ravins étroits où roulent des torrents ; pas une plaine, mais d'immenses vagues de granit et de géantes ondulations de terre couvertes de maquis ou de hautes forêts de châtaigniers et de pins. C'est un sol vierge, inculte, désert, bien que parfois on aperçoive un village, pareil à un tas de rochers au sommet d'un mont. Point de culture, aucune industrie, aucun art. On ne rencontre jamais un morceau de bois travaillé, un bout de pierre sculptée, jamais le souvenir du goût enfantin ou raffiné des ancêtres pour les choses gracieuses et belles. C'est là même ce qui frappe le plus en ce superbe et dur pays : l'indifférence héréditaire pour cette recherche des formes séduisantes qu'on appelle l'art.

L'Italie, où chaque palais, plein de chefs-d'œuvre, est un chef-d'œuvre lui-même, où le marbre, le bois, le bronze, le fer, les métaux et les pierres attestent le génie de l'homme, où les plus petits objets anciens qui traînent dans les vieilles maisons révèlent ce divin souci de la grâce, est pour nous tous la patrie sacrée que l'on aime parce qu'elle nous montre et nous prouve l'effort, la grandeur, la puissance et le triomphe de l'intelligence créatrice.

Et, en face d'elle, la Corse sauvage est restée

telle qu'en ses premiers jours. L'être y vit dans sa maison grossière, indifférent à tout ce qui ne touche point son existence même ou ses querelles de famille. Et il est resté avec les défauts et les qualités des races incultes, violent, haineux, sanguinaire avec inconscience, mais aussi hospitalier, généreux, dévoué, naïf, ouvrant sa porte aux passants et donnant son amitié fidèle pour la moindre marque de sympathie.

Donc, depuis un mois, j'errais à travers cette île magnifique, avec la sensation que j'étais au bout du monde. Point d'auberges, point de cabarets, point de routes. On gagne, par des sentiers à mulets, ces hameaux accrochés au flanc des montagnes, qui dominent des abîmes tortueux d'où l'on entend monter, le soir, le bruit continu, la voix sourde et profonde du torrent. On frappe aux portes des maisons. On demande un abri pour la nuit et de quoi vivre jusqu'au lendemain. Et on s'assoit à l'humble table, et on dort sous l'humble toit ; et on serre, au matin, la main tendue de l'hôte qui vous a conduit jusqu'aux limites du village.

Or, un soir, après dix heures de marche, j'atteignis une petite demeure toute seule au fond d'un étroit vallon qui allait se jeter à la mer une lieue plus loin. Les deux pentes rapides de la montagne, couvertes de maquis, de rocs éboulés et de grands arbres, enfermaient comme deux sombres murailles ce ravin lamentablement triste.

Autour de la chaumière, quelques vignes, un petit jardin, et plus loin, quelques grands châtaigniers, de quoi vivre enfin, une fortune pour ce pays pauvre.

La femme qui me reçut était vieille, sévère et propre, par exception. L'homme, assis sur une chaise de paille, se leva pour me saluer, puis se rassit sans dire un mot. Sa compagne me dit :

— Excusez-le ; il est sourd maintenant. Il a quatre-vingt-deux ans.

Elle parlait le français de France. Je fus surpris.

Je lui demandai :

— Vous n'êtes pas de Corse ?

Elle répondit :

— Non, nous sommes des continentaux. Mais voilà cinquante ans que nous habitons ici.

Une sensation d'angoisse et de peur me saisit à la pensée de ces cinquante années écoulées dans ce trou sombre, si loin des villes où vivent les hommes. Un vieux berger rentra, et l'on se mit à manger le seul plat du dîner, une soupe épaisse où avaient cuit ensemble des pommes de terre, du lard et des choux.

Lorsque le court repas fut fini, j'allai m'asseoir devant la porte, le cœur serré par la mélancolie du morne paysage, étreint par cette détresse qui prend parfois les voyageurs en certains soirs tristes, en certains lieux désolés. Il semble que tout soit près de finir, l'existence et l'univers. On perçoit brusquement l'affreuse misère de la vie, l'isolement de tous, le néant de tout, et la noire solitude du cœur qui se berce et se trompe lui-même par des rêves jusqu'à la mort.

La vieille femme me rejoignit et, torturée par cette curiosité qui vit toujours au fond des âmes les plus résignées :

— Alors, vous venez de France ? dit-elle.

— Oui, je voyage pour mon plaisir.

— Vous êtes de Paris, peut-être ?

— Non, je suis de Nancy.

Il me sembla qu'une émotion extraordinaire l'agitait. Comment ai-je vu ou plutôt senti cela, je n'en sais rien.

Elle répéta d'une voix lente :

— Vous êtes de Nancy ?

L'homme parut dans la porte, impassible comme sont les sourds.

Elle reprit :

— Ça ne fait rien. Il n'entend pas.

Puis, au bout de quelques secondes :

— Alors, vous connaissez du monde à Nancy ?

— Mais oui, presque tout le monde.

— La famille de Sainte-Allaize ?

— Oui, très bien ; c'étaient des amis de mon père.

— Comment vous appelez-vous ?

Je dis mon nom. Elle me regarda fixement, puis prononça, de cette voix basse qu'éveillent les souvenirs :

— Oui, oui, je me rappelle bien. Et les Brisemare, qu'est-ce qu'ils sont devenus ?

— Tous sont morts.

— Ah ! Et les Sirmont, vous les connaissiez ?

— Oui, le dernier est général.

Alors elle dit, frémissante d'émotion, d'angoisse, de je ne sais quel sentiment confus, puissant et sacré, de je ne sais quel besoin d'avouer, de dire tout, de parler de ces choses qu'elle avait tenues jusque-là enfermées au fond de son cœur, et de ces gens dont le nom bouleversait son âme :

— Oui, Henri de Sirmont. Je le sais bien. C'est mon frère.

Et je levai les yeux vers elle, effaré de surprise. Et tout d'un coup le souvenir me revint.

Cela avait fait, jadis, un gros scandale dans la noble Lorraine. Une jeune fille, belle et riche, Suzanne de Sirmont, avait été enlevée par un sous-officier de hussards du régiment que commandait son père.

C'était un beau garçon, fils de paysans, mais portant bien le dolman bleu, ce soldat qui avait séduit la fille de son colonel. Elle l'avait vu, remarqué, aimé en regardant défiler les escadrons, sans doute. Mais comment lui avait-elle parlé, comment avaient-ils pu se voir, s'entendre? comment avait-elle osé lui faire comprendre qu'elle l'aimait? Cela, on ne le sut jamais.

On n'avait rien deviné, rien pressenti. Un soir, comme le soldat venait de finir son temps, il disparut avec elle. On les chercha, on ne les retrouva pas. On n'en eut jamais de nouvelles et on la considérait comme morte.

Et je la retrouvais ainsi dans ce sinistre vallon.

Alors, je repris à mon tour :

— Oui, je me rappelle bien. Vous êtes mademoiselle Suzanne.

Elle fit «oui», de la tête. Des larmes tombaient de ses yeux. Alors, me montrant d'un regard le vieillard immobile sur le seuil de sa masure, elle me dit :

— C'est lui.

Et je compris qu'elle l'aimait toujours, qu'elle le voyait encore avec ses yeux séduits.

Je demandai :

— Avez-vous été heureuse, au moins?

Elle répondit, avec une voix qui venait du cœur :

— Oh! oui, très heureuse. Il m'a rendue très heureuse. Je n'ai jamais rien regretté.

Je la contemplais, triste, surpris, émerveillé par la puissance de l'amour! Cette fille riche avait suivi cet homme, ce paysan. Elle était devenue elle-même une paysanne. Elle s'était faite à sa vie sans charmes, sans luxe, sans délicatesse d'aucune sorte ; elle s'était pliée à ses habitudes simples. Et elle l'aimait encore. Elle était devenue une femme de rustre, en bonnet, en jupe de toile. Elle mangeait dans un plat de terre sur une table de bois, assise sur une chaise de paille, une bouillie de choux et de pommes de terre au lard. Elle couchait sur une paillasse à son côté.

Elle n'avait jamais pensé à rien, qu'à lui! Elle n'avait regretté ni les parures, ni les étoffes, ni les élégances, ni la mollesse des sièges, ni la tiédeur parfumée des chambres enveloppées de tentures, ni la douceur des duvets où plongent les corps pour le repos. Elle n'avait eu jamais besoin que de lui ; pourvu qu'il fût là, elle ne désirait rien.

Elle avait abandonné la vie, toute jeune, et le monde, et ceux qui l'avaient élevée, aimée. Elle était venue, seule avec lui, en ce sauvage ravin. Et il avait été tout pour elle, tout ce qu'on désire, tout ce qu'on rêve, tout ce qu'on attend sans cesse, tout ce qu'on espère sans fin. Il avait empli de bonheur son existence, d'un bout à l'autre.

Elle n'aurait pas pu être plus heureuse.

Et toute la nuit, en écoutant le souffle rauque du vieux soldat étendu sur son grabat, à côté de celle qui l'avait suivi si loin, je pensais à cette étrange et simple aventure, à ce bonheur si complet, fait de si peu.

Et je partis au soleil levant, après avoir serré la main des deux vieux époux.

*

Le conteur se tut. Une femme dit :

— C'est égal, elle avait un idéal trop facile, des besoins trop primitifs et des exigences trop simples. Ce ne pouvait être qu'une sotte.

Une autre prononça d'une voix lente :

— Qu'importe ! elle fut heureuse.

1, 2, 3... bonheur!

Et là-bas, au fond de l'horizon, la Corse s'enfonçait dans la nuit, rentrait lentement dans la mer, effaçait sa grande ombre apparue comme pour raconter elle-même l'histoire des deux humbles amants qu'abritait son rivage.

LUIGI PIRANDELLO

Un bonheur*

La vieille duchesse mère sortit la tête à peu
près à l'envers de la chambre où son mari s'était
retiré depuis le jour où sa belle-fille avec les deux
enfants avait quitté le palais et la ville pour
retourner chez ses parents à Nicosìa.

Comme sous l'effet d'un déchirement elle eut
une contraction du visage et tout son corps se
rétracta au grincement plaintif de la porte qu'elle
aurait voulu refermer tout doucement. L'importance de ce grincement ? Rien du tout. Peut-être
même que le duc n'y avait pas pris garde. Mais
la vieille duchesse en resta un moment toute
vibrante et oppressée, en proie à une sourde
colère comme si cette porte, traitée pourtant
avec tant de délicatesse, avait voulu lui infliger
un très cruel dépit.

* Extrait des *Nouvelles complètes* (Quarto).

À l'imitation des âmes, tous les objets de la maison qu'animaient mille souvenirs familiers semblaient soumis depuis quelque temps à un état de tension extrême : à peine les touchait-on qu'ils rendaient le son d'une plainte. Elle resta un instant aux aguets puis, son visage de cire tout défait, la nuque ployée comme sous un joug, elle s'éloigna sur les épais tapis, traversa un grand nombre de pièces plongées dans la pénombre où parmi les vieux rideaux et les hauts meubles sombres d'un aspect presque funèbre stagnait un étrange relent, comme une lourde atmosphère du passé et se présenta sur le seuil de la chambre écartée où sa fille Elisabetta l'attendait, pleine de nervosité et d'angoisse.

En voyant l'attitude de sa mère, Elisabetta se sentit défaillir. L'élan avec lequel, après l'attente, elle aurait voulu courir au-devant d'elle lui manqua soudain, tous ses membres se relâchèrent au point qu'il lui fut même impossible de lever ses mains frêles pour se cacher le visage.

Mais sa vieille mère s'approcha d'elle et lui posant légèrement une main sur l'épaule :

— Ma fille, annonça-t-elle. Il a dit oui.

La jeune fille sursauta et, les traits bouleversés, regarda sa mère. Le contraste était si violent entre la joie que cette nouvelle faisait exploser en elle et la sensation d'étouffement que lui procurait l'air d'égarement et de souffrance de sa mère que la pauvre petite, en se tordant les mains, eut un cri convulsif entre le rire et les larmes :

— Oui, oui ? Mais comment ? Oui ?

— Oui, répéta la mère plus de la tête que de la voix.

— Il a crié ? Il s'est mis en fureur ?

— Non, rien de tout cela.

— Alors quoi ?

Tout à coup elle comprit que c'était justement parce que son père avait dit oui sans crier ni se mettre en fureur que sa mère était à ce point accablée d'une douloureuse stupeur.

Elle venait de faire demander à son père de bien vouloir consentir à son mariage avec le précepteur des deux enfants de sa belle-fille partie depuis peu. Mais ce consentement du père ainsi sans cris ni fureur avait pour elle une tout autre signification que pour sa mère.

Tout autre mais non moins amère.

Peut-être parce qu'elle était de sexe féminin et cadette, peut-être aussi parce que laide, d'apparence timide, humble de cœur et de manières, peu liante et taciturne, il ne l'avait jamais considérée comme sa fille mais plutôt comme quelque chose qui encombrait la maison ; ce dont il n'éprouvait de l'ennui que lorsqu'il se sentait regardé. Aucune raison donc de se mettre en colère ou de se gâter le sang si elle s'obstinait à vouloir épouser un domestique, un précepteur de rien du tout, un minable maître d'école. Peut-être n'était-elle à ses yeux digne d'aucun autre mariage.

La mère au contraire qui, poussée par l'amour pour sa fille, s'était présentée la terreur au cœur avec cette requête au mari — elle connaissait bien son orgueil d'autant plus fanatique et farouche que s'étaient peu à peu réduits, à peu de chose la situation financière de la famille et les furibonds emportements qui s'emparaient de lui au moindre acte du vulgaire susceptible d'apparaître comme un nouvel attentat à ses privilèges nobiliaires — cette mère pensait que s'il dérogeait ainsi à ce qu'il se devait à lui-même, à ses sentiments les plus forts, c'était sûrement pour la raison que l'extrême phase de son délabrement intérieur s'était déjà déclenchée après le dernier coup que lui avait porté son fils, unique héritier du nom, embobiné par une créature de théâtre et disparu avec elle il y avait maintenant une année.

Don Gaspare Grisanti, duc de Rosàbia, marquis de Collemagno, baron de Fontana et de

Gibella, attaché pour la vie à l'ancien gouverne-
ment des Deux-Siciles, «Clef d'or» de la cour
de Naples et encore honoré de rapports épisto-
laires avec les derniers survivants de la dynastie
déchue, cet homme qui chaque jour, à l'heure
de la promenade, trônait au milieu de la via
Maqueda du haut de son antique carrosse avec
deux valets derrière lui en perruque, immobiles
comme des statues, et un troisième valet à côté
du cocher gigantesque, ne saluant jamais personne, raide, sombre, méprisant, roulant vers le
parc solitaire de la Favorite, il consentait donc,
lui, à ce que sa fille épousât un monsieur Fabrizio Pingiterra, maître d'école élémentaire et de
gymnastique, ci-devant précepteur de ses petits-
enfants. Quelle importance désormais! Il avait
espéré restaurer le blason de la famille par le
mariage du futur duc avec une très riche héri-
tière, fille unique d'un baron de campagne. Ce
triste sire s'était plongé jusqu'au cou dans une
amourette immonde à cause de laquelle, de scandale en scandale, il avait dû s'éclipser. Sourde à
toutes les prières, la belle-fille avait obtenu du
tribunal la séparation de biens et de corps et s'en
était retournée dans son village. Tout était fini.
Il tenait encore seulement, au prix de n'importe
quel sacrifice, à conserver ce carrosse d'apparat

avec les trois valets à perruque pour sa quotidienne apparition en public et en bas, au pied de sa demeure, le portier portant la masse bien que depuis un mois, c'est-à-dire depuis le jour où sa belle-fille était partie, le portail de l'escalier d'honneur fût fermé afin de ne plus laisser passer quiconque.

— Tu n'es donc pas morte ? avait-il demandé à sa femme. Moi non plus, avait-il ajouté. Nos enfants ? Dans la boue. Et quant à nous, nous poursuivons, désormais morts, notre mascarade.

Elisabetta se ressaisit, eut un soupir et demanda à sa mère :

— Que t'a-t-il dit ?

Sa mère désirait autant que possible atténuer la dureté des dispositions et conditions imposées par le père avec un mépris calme et froid qui n'admettait aucune réplique, mais la fille la pria de tout dévoiler crûment.

— Eh bien, tu sais que depuis un certain temps il ne veut plus voir personne.

— Donc il ne veut pas le voir. Ensuite ?

— Ensuite l'escalier d'honneur, tu sais, est fermé depuis que ta belle-sœur...

— Il veut alors qu'il continue à passer par l'escalier de service. Ensuite ?

Sa mère hésitait de plus en plus. Elle ne savait

comment apprendre à sa fille qu'après le mariage elle n'aurait plus à mettre les pieds au palais, même seule.

— Pour... pour nous voir, balbutia-t-elle, quand... oui, ensuite, quand tu seras mariée je viendrai, c'est moi qui viendrai tous les jours chez toi.

Elisabetta prit la main de sa mère, la porta à ses lèvres, la baigna de larmes tout en gémissant :

— Pauvre maman, pauvre maman !

— Sais-tu ? reprit celle-ci. Cela m'a... cela m'a fait presque rire... Tu sais à quel point il tient à son carrosse... bon. Eh bien, ce carrosse non, dit-il, ça non !

Et comme s'il se fût agi vraiment d'une chose risible, la vieille maman duchesse se mit à rire et à rire, à faire semblant que ce fou rire l'empêchait de révéler à sa fille cette nouvelle condition rien moins que ridicule, allons donc !

— Il veut que je prenne un fiacre de louage, qu'il dit, pour venir chez toi. Il nous autorise pourtant à sortir ensemble nous promener avec ce... mais avec l'autre, non, avec l'autre rien à faire. Ah cet autre, cet autre...

— Combien va-t-il me donner ? demanda Elisabetta.

La mère fit encore une fois semblant de ne

pas comprendre ou plutôt de ne pas avoir bien compris pour gagner du temps et préparer sa nouvelle réponse, la plus tourmentante.

— Pour quoi ? dit-elle.

— En dot, maman.

On y était. Elisabetta ne se faisait pas la moindre illusion. Elle savait qu'il ne l'épousait que pour cela. Elle avait sept ans de plus que lui et reconnaissait que, déjà fanée, pis que cela, desséchée sans s'être jamais épanouie dans le silence et l'ombre de cette demeure, étouffée sous tant de choses mortes, elle n'avait rien, positivement rien en elle qui pût susciter et allumer le désir d'un homme. Sans l'argent, l'ambition même de devenir — ne fût-ce que de nom — le gendre du duc de Rosàbia n'aurait pas suffi à lui faire accepter le mariage. Il l'avait clairement laissé entendre, prévoyant peut-être que le duc ne s'abaisserait jamais à le considérer et à le traiter comme un gendre ; il était allé jusqu'à s'offrir le culot d'avouer que lui, Fabrizio Pingiterra, étant comme le jeune duc dont il partageait l'amitié de sentiments démocratiques et libéraux, faisait à peu de chose près un véritable sacrifice en entrant dans la parenté d'un patricien d'idées si notoirement rétrogrades, mais pour elle il le faisait volontiers, pour elle si douce et si bonne :

uniquement pour elle. — C'est-à-dire uniquement pour l'argent, avait-elle traduit en son for
intérieur, sans honte ni dégoût. Ni honte ni
dégoût, non, non. Tenir haut, bien haut — ça
oui — jalousement surveillées et cachées au faîte
de l'esprit la noblesse et la pureté de ses sentiments et de ses pensées afin de leur éviter la plus
petite souillure d'un indigne contact ; mais
ensuite s'abaisser jusqu'à lui laisser soupçonner
de sa part à elle les choses les plus dégradantes,
s'humilier, se prêter, s'abandonner, tout cela ne
devait provoquer en elle ni honte ni dégoût,
non, non, car c'était pour atteindre le but nécessaire et inévitable. Elle voulait vivre, vivre,
c'est-à-dire être mère, voilà ce qu'elle voulait :
avoir un enfant à elle, tout à elle, voilà. Et
impossible de l'avoir autrement.

Cette frénésie était née et s'était répandue en
elle en donnant de tout son cœur, de toute son
âme tous les soins d'une mère et jusqu'au sommeil de ses nuits aux deux petits neveux partis
depuis un mois, aux deux enfants de sa belle-
sœur qui, en ouvrant les yeux, avaient allumé
une aube non seulement dans les ténèbres de
ce palais mais encore dans son âme à elle qui en
fut comblée : une aube d'une douceur et d'une

fraîcheur inexprimables qui l'avait totalement renouvelée.

Ah quel feu et quelle torture que de ne pas pouvoir les faire siens, siens par le sang et par la chair, ces chers petits, à force de les serrer contre elle, de les embrasser, de les rendre maîtres absolus de sa personne, avec leurs petits pieds roses sur son visage, comme ceci, sur son sein, comme cela.

Pourquoi ne pourrait-elle pas en avoir un vraiment à elle ? Elle serait folle de bonheur ! N'importe quelle humiliation, n'importe quelle bassesse jusqu'au martyre, elle supporterait tout pour la joie d'un enfant à elle.

Impossible qu'il ne s'en aperçût pas, le jeune précepteur appelé pour infliger les premiers tourments de l'alphabet à ces deux petits, là, juste sur des genoux de leur tata qu'ils ne voulaient pas quitter une seconde.

À présent toute la question était de savoir s'il accepterait ces dispositions et conditions. Pas de dot, hélas : une simple rente de vingt lires par jour et de quoi aménager une modeste petite maison. Elisabetta comprenait que plus ces dispositions étaient dures, plus elle payerait cher son bonheur s'il les acceptait. Elle attendit, haletante d'anxiété, que sa mère les lui communiquât le soir même. Voilà, il était là dans l'autre pièce. Pauvre sainte maman, ce qu'elle devait souffrir en ce moment! Et elle? Elle aussi! Elle se tordait les mains, se cachait les yeux, se pressait les tempes, serrait les dents et de toute son âme s'élançant vers lui elle criait : « Accepte, accepte! Tu ne devines pas tout le bien que je pourrai te faire si tu acceptes! » Puis elle tendait l'oreille. Bon, s'il n'acceptait pas sa mère allait franchir cette porte comme une ombre, pauvre maman, les bras pendants le long du corps. Au contraire s'il acceptait, ah s'il acceptait, elle l'appellerait... Ah mon Dieu, quand? quand? Attendre jusqu'à quand?

Comme une ombre, la vieille maman franchit le seuil et de nouveau Elisabetta, levant les yeux sur elle, se sentit mourir. Mais de la même manière que le matin, elle s'approcha d'elle et lui posant une main sur l'épaule lui dit qu'il avait accepté. Seule l'obligation d'emprunter l'escalier de service lui avait fait piquer une rage. Mais mon Dieu quelle importance puisque l'escalier d'honneur était interdit à tout le monde et qu'il avait toujours passé par l'autre! Suffit. Il s'était copieusement indigné et pour ne pas l'affliger trop par le spectacle de son... comment avait-il dit? ah oui, par son air tout sens dessus dessous, il s'était sauvé pour ne plus remettre les pieds, jamais plus remettre les pieds au palais. Mais ils se verraient chaque jour ailleurs pour le choix de la maison et l'achat du mobilier. Il entendait que tout se fasse dans le plus bref délai possible.

Mais figurez-vous, sur-le-champ, j'y vole! On eût dit que la joie d'Elisabetta lui mettait des ailes au dos. Belle non, cette joie ne pouvait la rendre belle, mais quelle lumière elle lui alluma dans les yeux, de quel charme doux et triste elle anima ses sourires, de quelle grâce timide ses façons d'être pour apaiser la rancune de cet homme, pour compenser les offenses à sa dignité, pour lui manifester sinon de l'amour à proprement parler, du moins sa reconnaissance et une soumission intégrale.

La petite maison fut bien vite dénichée à l'écart, presque à la campagne, via Cuba, tout odorante de jasmins et de fleurs d'oranger. Le trousseau, tout en dentelles, rubans et broderies était déjà prêt depuis longtemps; les meubles simples, presque rustiques furent mis en place aussitôt achetés et quasi clandestin, sans invitations et en l'absence du duc, le mariage put être célébré dans le délai strictement nécessaire aux démarches et formalités civiles et religieuses.

Malgré toute cette agitation aucune épouse

ne noua de tels liens avec une conscience plus
nette de la gravité et de la sainteté de l'acte. Et
pendant environ quatre mois, avec la joie qui
rayonnait de tout son corps transfiguré comme
un magique attrait, elle réussit à retenir auprès
d'elle un mari amoureux, c'est-à-dire tant qu'elle
eut besoin de lui. Puis l'ivresse du premier signe
annonciateur de sa maternité l'aveugla et dès lors
elle ne vit plus rien, plus rien n'eut d'importance
pour elle : s'il sortait et tardait à rentrer, s'il ne
rentrait pas du tout, s'il lui manquait de respect
et la maltraitait, s'il emportait et dépensait Dieu
sait comment, Dieu sait où et avec qui les
quelques lires de pension que sa mère venait lui
remettre chaque jour. Rien ne devait la fâcher,
elle ne prenait garde à rien pour ne pas troubler
en quoi que ce soit l'œuvre sainte de la nature
qui s'accomplissait en elle et qui avait à s'ac-
complir dans l'allégresse, buvant de toute son
âme la pureté azurée du ciel, l'envoûtement de
ce cirque de montagnes qui respiraient dans l'air
surchauffé et palpitaient comme si elles n'avaient
pas été faites de pierre dure, et le soleil, le soleil
qui entrait dans les pièces exiguës comme il
n'était jamais entré dans les sombres salons de la
demeure paternelle.

1, 2, 3… bonheur !

— Mais oui maman, tu ne vois pas ? Je suis heureuse, heureuse !

La voiture de louage allait presque au pas pour ne pas trop secouer la future mère et tout le monde s'arrêtait et se retournait dans la rue pour contempler non sans pitié la vieille duchesse de Rosàbia dans ce médiocre véhicule avec sa fille à côté d'elle si misérablement vêtue, tombée si bas, chassée par son père, mariée à la sauvette qui sait quand et avec qui, plus lamentable que jamais, déformée par la grossesse et pourtant si rieuse. Eh oui, la pauvre, regardez-la, toute rieuse sous l'œil plein de compassion de sa mère !

Trompée par cette allégresse, comment la duchesse de Rosàbia aurait-elle pu soupçonner que ce vil individu en arrivait à priver sa fille de nourriture si un jour, comme elle avait fait signe au cocher de s'arrêter devant la boutique d'un pâtissier pour acheter des gâteaux, Elisabetta n'avait pas trouvé le moyen de lui dire sur le ton de la plaisanterie qu'au lieu de ces gâteaux, si sa mère avait de quoi dépenser, elle aurait préféré quelque chose de plus substantiel et qu'elle allait lui indiquer où elle pourrait lui procurer à manger : près de chez elle, dans le jardin d'une masure, auprès d'une vieille paysanne qui avait des colombes et des poules en quantité et qui

122

chaque jour lui vendait des œufs. C'était la faim, oui la faim : elle avait vraiment faim.

— Mais tu ne manges pas aux repas ? lui demanda sa mère, la voyant quelques heures plus tard installée à une table rustique devant la masure, dans le jardin de la paysanne en train de dévorer, et pas seulement des yeux, un poulet rôti.

Et Elisabetta en riant, sans cesser de manger :

— Mais oui, je mange tant et plus... Mais je ne suis jamais rassasiée, tu vois ? Je mange pour deux.

Pendant ce temps, par-derrière, la vieille paysanne adressait à la duchesse des coups d'œil et des signes de tête que celle-ci ne comprenait pas.

Elle comprit lorsque quelque temps plus tard, en entrant chez sa fille, elle trouva la maison remplie d'agents de police qui procédaient à une perquisition. Fabrizio Pingiterra, accusé de faux et affilié à une bande d'escrocs, avait fui on ne sait trop où, en Grèce ou en Amérique.

Dès qu'elle la vit, Elisabetta courut au-devant d'elle comme pour lui épargner ce spectacle, l'en exclure et se mit à lui dire, tout affolée :

— Ce n'est rien, maman, rien du tout, ne t'effraye pas ! Regarde, je suis calme. Remercions plutôt Dieu, maman, remercions Dieu ! —

Et doucement à l'oreille, toute vibrante : — De cette façon, il ne le verra pas! Il lui restera inconnu, tu comprends? Et il sera davantage à moi, tout à moi.

Mais cette agitation hâta l'accouchement qui comporta des risques tant pour elle que pour le nouveau-né. Cependant quand elle se vit saine et sauve avec l'enfant, quand elle vit cette chair à elle qui palpitait vivante, séparée d'elle, cette chair qui pleurait distincte d'elle, qui, aveugle, cherchait son sein et la chaleur qui lui manquait, quand elle put tendre sa mamelle au bébé avec la jouissance de sentir entrer cette tiède source maternelle à l'intérieur de ce petit corps tout juste sorti de son propre corps, de sorte que le nouveau-né continuait à retrouver dans la chaleur du lait la chaleur de son ventre, il sembla vraiment qu'elle allait devenir folle de joie.

Et elle était incapable de saisir pourquoi sa mère en la voyant pourtant ainsi était à chacune de ses visites plus sombre et affligée. Oui, pourquoi?

Cette vieille maman le lui dit à la fin : elle avait espéré que son père, maintenant que sa fille était seule, abandonnée, consentirait à la reprendre sous son toit : eh bien non, il ne voulait pas.

— C'est pour cela ? s'exclama Elisabetta. Pauvre maman ! J'en ai du chagrin pour toi. Mais pour ma part, crois-moi, je pleurerais plutôt si je devais conduire là-bas, dans ces lieux tristes et accablants, mon petit chéri qui jouit ici, tu vois ? de tout ce sourire de la lumière, de toute cette gaieté.

Et au milieu de la simplicité sainte et nue de sa modeste maison elle éleva à bout de bras son enfant dans le soleil qui entrait joyeusement par les vitrages grands ouverts des balcons en même temps que la fraîcheur des jardins.

LA POMME TOMBA
ET IL TROUVA SON BONHEUR

ANDERSEN
*« Le bonheur peut se trouver dans un bout
de bois »*   9

GIONO
La chasse au bonheur   14

HUGO
Où donc est le bonheur ?...   21

MADAME DU CHÂTELET
Discours sur le bonheur   24

VOLTAIRE
Histoire d'un bon Bramin   28

J'AI BESOIN DU BONHEUR DE TOUS
POUR ÊTRE HEUREUX

GIDE
Les Nouvelles Nourritures   35

SAINT MATTHIEU
Le Sermon sur la montagne : les Béatitudes   39

OSCAR WILDE
Le Prince Heureux   41

ALAIN
Propos sur le bonheur   58

NOUS AVONS RÊVÉ
DES JOURS DE BONHEUR

LE CLÉZIO
Mananava, 1922   73

TOLSTOÏ
Le bonheur conjugal   79

MAUPASSANT
Le bonheur   97

PIRANDELLO
Un bonheur   109

DÉCOUVREZ LES FOLIO 2 €

Parutions d'octobre 2006

H. DE BALZAC   *Les dangers de l'inconduite*

Sous couvert d'inculquer de bons principes en donnant cette triste histoire
en exemple, Balzac peint l'étonnant portrait d'un homme d'argent.

COLLECTIF   *1, 2, 3... bonheur!*

Mieux qu'une cure de vitamines, lisez *1, 2, 3... bonheur!*

J. CRUMLEY   *Tout le monde peut écrire une chan-
son triste* et autres nouvelles

Avec une tendresse bourrue pour ses héros désespérés, James Crumley nous
offre trois textes rares.

FUMIO NIWA   *L'âge des méchancetés*

Un texte féroce et dérangeant sur la vieillesse.

W. GOLDING   *L'envoyé extraordinaire*

Une histoire à l'humour débridé et fantaisiste, un conte philosophique cruel
par l'auteur de *Sa Majesté des Mouches*.

P. LOTI   *Les trois dames de la Kasbah* suivi de
Suleïma

Homme de lettres, officier de marine et grand voyageur, Pierre Loti, dans une
prose limpide, nous offre un tableau sensuel et cruel de l'Algérie française.

MARC AURÈLE   *Pensées* (Livres I-VI)

Un examen de conscience étonnamment moderne à lire et à relire.

J. RHYS   *À septembre, Petronella* suivi de
Qu'ils appellent ça du jazz

Deux histoires de femmes malmenées par la vie dont le destin bascule au
hasard d'une rencontre.

G. STEIN   *La brave Anna*

D'une plume juste et sobre, Gertrude Stein évoque la banalité du quotidien
et le destin manqué d'un cœur simple.

VOLTAIRE   *Le Monde comme il va* et autres
contes

Avec une ironie mordante et une langue acérée, Voltaire dénonce les travers
de son époque — ou est-ce de la nôtre?

Dans la même collection

R. AKUTAGAWA   *Rashômon* et autres contes (Folio n° 3931)

M. AMIS   *L'état de l'Angleterre* précédé de *Nouvelle carrière* (Folio n° 3865)

H. C. ANDERSEN   *L'elfe de la rose* et autres contes du jardin (Folio n° 4192)

ANONYME   *Conte de Ma' rûf le savetier* (Folio n° 4317)

ANONYME   *Le poisson de jade et l'épingle au phénix* (Folio n° 3961)

ANONYME   *Saga de Gísli Súrsson* (Folio n° 4098)

G. APOLLINAIRE   *Les Exploits d'un jeune don Juan* (Folio n° 3757)

ARAGON   *Le collaborateur* et autres nouvelles (Folio n° 3618)

I. ASIMOV   *Mortelle est la nuit* précédé de *Chante-cloche* (Folio n° 4039)

J. AUSTEN   *Lady Susan* (Folio n° 4396)

H. DE BALZAC   *L'Auberge rouge* (Folio n° 4106)

T. BENACQUISTA   *La boîte noire* et autres nouvelles (Folio n° 3619)

K. BLIXEN   *L'éternelle histoire* (Folio n° 3692)

BOILEAU-NARCEJAC   *Au bois dormant* (Folio n° 4387)

M. BOULGAKOV   *Endiablade* (Folio n° 3962)

R. BRADBURY   *Meurtres en douceur* et autres nouvelles (Folio n° 4143)

L. BROWN   *92 jours* (Folio n° 3866)

S. BRUSSOLO   *Trajets et itinéraires de l'oubli* (Folio n° 3786)

J. M. CAIN   *Faux en écritures* (Folio n° 3787)

A. CAMUS   *Jonas ou l'artiste au travail* suivi de *La pierre qui pousse* (Folio n° 3788)

A. CAMUS   *L'été* (Folio n° 4388)

T. CAPOTE   *Cercueils sur mesure* (Folio n° 3621)

T. CAPOTE — *Monsieur Maléfique* et autres nouvelles (Folio n° 4099)

A. CARPENTIER — *Les Élus* et autres nouvelles (Folio n° 3963)

C. CASTANEDA — *Stopper-le-monde* (Folio n° 4144)

M. DE CERVANTÈS — *La petite gitane* (Folio n° 4273)

R. CHANDLER — *Un mordu* (Folio n° 3926)

G. K. CHESTERTON — *Trois enquêtes du Père Brown* (Folio n° 4275)

E. M. CIORAN — *Ébauches de vertige* (Folio n° 4100)

COLLECTIF — *Au bonheur de lire* (Folio n° 4040)

COLLECTIF — *« Dansons autour du chaudron »* (Folio n° 4274)

COLLECTIF — *Des mots à la bouche* (Folio n° 3927)

COLLECTIF — *« Il pleut des étoiles »* (Folio n° 3864)

COLLECTIF — *« Leurs yeux se rencontrèrent... »* (Folio n° 3785)

COLLECTIF — *« Ma chère Maman... »* (Folio n° 3701)

COLLECTIF — *« Mourir pour toi »* (Folio n° 4191)

COLLECTIF — *« Parce que c'était lui ; parce que c'était moi »* (Folio n° 4097)

COLLECTIF — *Un ange passe* (Folio n° 3964)

CONFUCIUS — *Entretiens* (Folio n° 4145)

J. CONRAD — *Jeunesse* (Folio n° 3743)

J. CORTÁZAR — *L'homme à l'affût* (Folio n° 3693)

D. DAENINCKX — *Ceinture rouge* précédé de *Corvée de bois* (Folio n° 4146)

D. DAENINCKX — *Leurre de vérité* et autres nouvelles (Folio n° 3632)

R. DAHL — *L'invité* (Folio n° 3694)

R. DAHL — *Gelée royale* précédé de *William et Mary* (Folio n° 4041)

S. DALI — *Les moustaches radar (1955-1960)* (Folio n° 4101)

M. DÉON — *Une affiche bleue et blanche* et autres nouvelles (Folio n° 3754)

R. DEPESTRE — *L'œillet ensorcelé* et autres nouvelles (Folio n° 4318)

P. K. DICK — *Ce que disent les morts* (Folio n° 4389)

D. DIDEROT — *Lettre sur les aveugles à l'usage de ceux qui voient* (Folio n° 4042)

R. DUBILLARD — *Confession d'un fumeur de tabac français* (Folio n° 3965)

A. DUMAS — *La Dame pâle* (Folio n° 4390)

S. ENDO — *Le dernier souper* et autres nouvelles (Folio n° 3867)

ÉPICTÈTE — *De la liberté* précédé de *De la profession de Cynique* (Folio n° 4193)

W. FAULKNER — *Le Caïd* et autres nouvelles (Folio n° 4147)

W. FAULKNER — *Une rose pour Emily* et autres nouvelles (Folio n° 3758)

F. S. FITZGERALD — *La Sorcière rousse* précédé de *La coupe de cristal taillé* (Folio n° 3622)

F. S. FITZGERALD — *Une vie parfaite* suivi de *L'accordeur* (Folio n° 4276)

C. FUENTES — *Apollon et les putains* (Folio n° 3928)

GANDHI — *La voie de la non-violence* (Folio n° 4148)

R. GARY — *Une page d'histoire* et autres nouvelles (Folio n° 3753)

J. GIONO — *Arcadie... Arcadie...* précédé de *La pierre* (Folio n° 3623)

J. GIONO — *Prélude de Pan* et autres nouvelles (Folio n° 4277)

N. GOGOL — *Une terrible vengeance* (Folio n° 4395)

W. GOMBROWICZ — *Le festin chez la comtesse Fritouille* et autres nouvelles (Folio n° 3789)

H. GUIBERT — *La chair fraîche* et autres textes (Folio n° 3755)

E. HEMINGWAY — *L'étrange contrée* (Folio n° 3790)

E. HEMINGWAY — *Histoire naturelle des morts* et autres nouvelles (Folio n° 4194)

C. HIMES — *Le fantôme de Rufus Jones* et autres nouvelles (Folio n° 4102)

E. T. A. HOFFMANN — *Le Vase d'or* (Folio n° 3791)

P. ISTRATI	*Mes départs* (Folio n° 4195)
H. JAMES	*Daisy Miller* (Folio n° 3624)
H. JAMES	*Le menteur* (Folio n° 4319)
T. JONQUET	*La folle aventure des Bleus...* suivi de *DRH* (Folio n° 3966)
F. KAFKA	*Lettre au père* (Folio n° 3625)
J. KEROUAC	*Le vagabond américain en voie de disparition* précédé de *Grand voyage en Europe* (Folio n° 3694)
J. KESSEL	*Makhno et sa juive* (Folio n° 3626)
JI YUN	*Des nouvelles de l'au-delà* (Folio n° 4326)
R. KIPLING	*La marque de la Bête* et autres nouvelles (Folio n° 3753)
LAO SHE	*Histoire de ma vie* (Folio n° 3627)
LAO-TSEU	*Tao-tö king* (Folio n° 3696)
J. M. G. LE CLÉZIO	*Peuple du ciel* suivi de *Les bergers* (Folio n° 3792)
J. LONDON	*La piste des soleils* et autres nouvelles (Folio n° 4320)
H. P. LOVECRAFT	*La peur qui rôde* et autres nouvelles (Folio n° 4194)
P. MAGNAN	*L'arbre* (Folio n° 3697)
K. MANSFIELD	*Mariage à la mode* précédé de *La Baie* (Folio n° 4278)
G. DE MAUPASSANT	*Le Verrou* et autres contes grivois (Folio n° 4149)
I. McEWAN	*Psychopolis* et autres nouvelles (Folio n° 3628)
H. MELVILLE	*Les Encantadas, ou Îles Enchantées* (Folio n° 4391)
P. MICHON	*Vie du père Foucault — Vie de Georges Bandy* (Folio n° 4279)
H. MILLER	*Plongée dans la vie nocturne...* précédé de *La boutique du Tailleur* (Folio n° 3929)
S. MINOT	*Une vie passionnante* et autres nouvelles (Folio n° 3967)
Y. MISHIMA	*Dojoji* et autres nouvelles (Folio n° 3629)
Y. MISHIMA	*Martyre* précédé de *Ken* (Folio n° 4043)
M. DE MONTAIGNE	*De la vanité* (Folio n° 3793)

E. MORANTE — *Donna Amalia* et autres nouvelles (Folio n° 4044)

V. NABOKOV — *Un coup d'aile* suivi de *La Vénitienne* (Folio n° 3930)

P. NERUDA — *La solitude lumineuse* (Folio n° 4103)

F. O'CONNOR — *Un heureux événement* suivi de *La Personne déplacée* (Folio n° 4280)

K. ÔÉ — *Gibier d'élevage* (Folio n° 3752)

L. OULITSKAÏA — *La maison de Lialia* et autres nouvelles (Folio n° 4045)

C. PAVESE — *Terre d'exil* et autres nouvelles (Folio n° 3868)

C. PELLETIER — *Intimités* et autres nouvelles (Folio n° 4281)

PIDANSAT DE MAIROBERT — *Confession d'une jeune fille* (Folio n° 4392)

L. PIRANDELLO — *Première nuit* et autres nouvelles (Folio n° 3794)

E. A. POE — *Aventure sans pareille d'un certain Hans Pfaall* (Folio n° 3862)

J.-B. POUY — *La mauvaise graine* et autres nouvelles (Folio n° 4321)

M. PROUST — *L'affaire Lemoine* (Folio n° 4325)

QIAN ZHONGSHU — *Pensée fidèle* suivi de *Inspiration* (Folio n° 4324)

R. RENDELL — *L'Arbousier* (Folio n° 3620)

P. ROTH — *L'habit ne fait pas le moine* précédé de *Défenseur de la foi* (Folio n° 3630)

D. A. F. DE SADE — *Ernestine. Nouvelle suédoise* (Folio n° 3698)

D. A. F. DE SADE — *La Philosophie dans le boudoir* (Les quatre premiers dialogues) (Folio n° 4150)

SAINT AUGUSTIN — *La Création du monde et le Temps* suivi de *Le Ciel et la Terre* (Folio n° 4322)

A. DE SAINT-EXUPÉRY — *Lettre à un otage* (Folio n° 4104)

J.-P. SARTRE — *L'enfance d'un chef* (Folio n° 3932)

B. SCHLINK — *La circoncision* (Folio n° 3869)

B. SCHULZ — *Le printemps* (Folio n° 4323)

L. SCIASCIA — *Mort de l'Inquisiteur* (Folio n° 3631)

SÉNÈQUE — *De la constance du sage* suivi de *De la tranquillité de l'âme* (Folio n° 3933)

G. SIMENON — *L'énigme de la* Marie-Galante (Folio n° 3863)

D. SIMMONS — *Les Fosses d'Iverson* (Folio n° 3968)

J. B. SINGER — *La destruction de Kreshev* (Folio n° 3871)

P. SOLLERS — *Liberté du XVIIIème* (Folio n° 3756)

STENDHAL — *Féder ou Le Mari d'argent* (Folio n° 4197)

R. L. STEVENSON — *Le Club du suicide* (Folio n° 3934)

I. SVEVO — *L'assassinat de la Via Belpoggio* et autres nouvelles (Folio n° 4151)

R. TAGORE — *La petite mariée* suivi de *Nuage et soleil* (Folio n° 4046)

J. TANIZAKI — *Le coupeur de roseaux* (Folio n° 3969)

J. TANIZAKI — *Le meurtre d'O-Tsuya* (Folio n° 4195)

A. TCHEKHOV — *Une banale histoire* (Folio n° 4105)

L. TOLSTOÏ — *Le réveillon du jeune tsar* et autres contes (Folio n° 4199)

I. TOURGUÉNIEV — *Clara Militch* (Folio n° 4047)

M. TOURNIER — *Lieux dits* (Folio n° 3699)

M. VARGAS LLOSA — *Les chiots* (Folio n° 3760)

P. VERLAINE — *Chansons pour elle* et autres poèmes érotiques (Folio n° 3700)

L. DE VINCI — *Prophéties* précédé de *Philosophie et Aphorismes* (Folio n° 4282)

VOLTAIRE — *Traité sur la Tolérance* (Folio n° 3870)

WANG CHONG — *De la mort* (Folio n° 4393)

H. G. WELLS — *Un rêve d'Armageddon* précédé de *La porte dans le mur* (Folio n° 4048)

E. WHARTON — *Les lettres* (Folio n° 3935)

O. WILDE   *La Ballade de la geôle de Reading* précédé de *Poèmes* (Folio n° 4200)

R. WRIGHT   *L'homme qui vivait sous terre* (Folio n° 3970)

M. YOURCENAR   *Le Coup de Grâce* (Folio n° 4394)

Composition Bussière.
Impression Novoprint
le 4 septembre 2006.
Dépôt légal : septembre 2006.
ISBN 2-07-033946-7./Imprimé en Espagne.